Uli Brée

Die Liesl von der Post – Zwei Frauen und (k)ein Mord

Uli Brée

DIE LIESL VON DER POST

Zwei Frauen und (k)ein Mord

Band Zwei

KLAPPERSTORCH

ueberreuter

MIX
Papier | Fördert gute Waldnutzung
FSC® C106954
www.fsc.org

1. Auflage 2024

978-3-8000-9024-2

Covergestaltung: Saskia Beck | s-stern.com
Satz: Lisa Wilfinger | Carl Ueberreuter Verlag
Lektorat: Caroline Metzger
Druck und Bindung: Imprint d.o.o. | Ljubljana, Slowenien

www.ueberreuter.at

INHALT

Normalerweise steht an dieser Stelle: „Jegliche Ähnlichkeiten mit lebenden oder toten Personen sind rein zufällig und nicht beabsichtigt."

In diesem Fall geht das nicht, denn es gibt sie, die Liesl von der Post, auch wenn sie in Wirklichkeit Michi heißt. Ich lebe in einem netten kleinen Ort in Tirol, wo jeder jeden kennt. Unsere Briefträgerin, die Michi, bleibt gern für einen Ratscher bei uns am Gartentor stehen. Sie hat immer ein paar Leckerlis für die Hunde dabei und den Motor von ihrem verbeulten Postauto lässt sie auch immer laufen. Die Michi ist gern daheim und fährt nie fort. Witzigerweise hat sie einen Freund, der Fernfahrer ist. Diese Kombination diente mir als Inspiration. Nur Krimis löst sie keine. Und Morde passieren bei uns im Ort auch eher wenige.

Ich habe einmal in einem Interview mit einem namhaften Autor gelesen, dass er nur über Dinge schreibe, die er kenne. Wenn wir das alle tun würden, gäbe es wohl weitaus weniger Krimis. Und doch verstehe ich, was er meint. Es ist durchaus hilfreich, am Land zu leben, wenn man übers Land und seine seltsamen Gepflogenheiten schreibt. Vieles von dem, was Sie hier lesen werden, kenne ich aus eigener Erfahrung, auch wenn alle weiteren Personen, Handlungen und Örtlichkeiten völlig frei erfunden sind. Sollten Sie sich also in irgendeiner Form in dieser Geschichte wiedererkennen und mit einer Sammelklage, Verleumdungen oder persönlicher Kränkung liebäugeln, bitte ich Sie höflichst, davon abzusehen. Um es mit dem großen Nestroy zu halten: „Ist alles Chimäre, aber mich unterhalt's."

– *Uli Brée*

TEIL EINS

Das Paradies, der Storch, die Barbara, das Fegefeuer und die Liesl, die keine Mörderin sein will

Klopf, Klopf, du bist da, die Welt steht Kopf

Liesl versteht das Problem nicht. Die Leute machen sich immer nur Gedanken darüber, dass Affären Ehen zerstören, aber niemand denkt darüber nach, wie oft Ehen Affären zerstören. Jetzt kommt gleich die lang gezogene Kurve. Der Asphalt ist eigentlich ein Verbrechen. Aber vielleicht liegt es auch an den gnadenlosen Blattfedern ihrer alten Postkutsche. Irgendwann fällt die Kiste auseinander. Bei ihrer Freundin Barbara zum Beispiel ist sie sich gar nicht sicher, was zuerst da war: ihre Ehe oder die Affäre ihres Mannes. Von daher stellt sich doch die Frage, was jetzt was zerstört hat. Mist, sie hat vergessen runterzuschalten. Das hat sie davon, wenn sie zu viel nachdenkt. Jetzt kommt gleich die Kuppe. Eins ist jedenfalls klar, Barbaras Mann hatte bereits vor ihrer Ehe eine Affäre und jetzt hat er sie wieder. Während der Ehe ist sie wohl wieder aufgeflammt. Ihr Ehebett war ja eher eine verkehrsberuhigte Zone. Und schon ist sie da, die Kuppe. Normalerweise wäre sie hier bereits auf 70 km/h. Jetzt zeigt der Tacho grad einmal 40 an. Wenn sie im richtigen Moment runterschaltet, hebt ihr altes Postauto bei der Kuppe ab und schwebt 20 Zentimeter über dem löchrigen Asphalt bis zum Ortseingangsschild von Öd. Liesl liebt das Gefühl, wenn sich der Magen hebt und gleich wieder senkt und ihr Auto, die Packerln und ihr ganzes Leben gleich mit. Dann ist sie für ein paar Sekunden schwerelos. Da fliegt sie mit dem Post-Shuttle zum Mond. Alles fühlt sich wunderbar leicht an. Im Moment der schwebenden Stille ist es völlig egal, ob die Ehe zuerst da war oder die Affäre oder das Ei oder das Huhn oder der Brief oder die Briefträgerin. Aber damit ist heute nix. Weil sie zu wenig Gas gegeben und zu viel nachgedacht hat. Das hat sie jetzt davon. Naja, vielleicht auch besser so. Sie hat ihrer Freundin Barbara versprechen müssen, dass sie damit aufhört. Leider.

Ihr Auto und ihr Leben fühlen sich bleischwer an. Dabei hat sie gar kein Problem. Und ihre Freundin, die Frau Doktor, eigentlich auch nicht. Barbara ist inzwischen in das schöne alte Haus der so beneidenswert lustvoll verstorbenen Magdalena Schamberger gezogen. Dummerweise teilt Barbara sich noch die Arztpraxis mit ihrem Ex-Mann Bernhard. Und der wohnt jetzt in der modernen Betonvilla in der Nähe vom Badesee mit seiner neuen oder eher alten Affäre, dem Mike Donath. Ja, der ist jetzt mit einem Mann zusammen. Oder er war es eh schon immer. Und nicht der Mike war die Ausnahme, sondern die Barbara.

In der Provinz ist die Welt auch nicht anders als in der Stadt, nur verlogener. Andererseits sind die Leute am Land deshalb auch freundlicher, denkt sich Liesl, wie sie von Öd auf die Bundesstraße biegt, an der Schottergrube vorbei. Irgendwas klappert am Heck. Entweder ist es der Auspuff oder die hintere Türe schließt wieder nicht richtig. Irgendwann werden die ganzen Packerln rausfliegen. Aber das ist dann nicht ihre Schuld. In einer Großstadt, in der Anonymität, sind die Leute viel unfreundlicher, weil sie davon ausgehen, dass sie sich eh nicht so schnell wieder begegnen. Aber am Land? Wenn die Liesl dem Krug Andreas die Vorfahrt nimmt und ihn auch noch dafür beschimpft oder ihm gar in der Rage den Vogel zeigt, ist das schon blöd, wenn sie gleich danach beim Nah & Frisch gemeinsam an der Kassa stehen oder bei der Roswitha am Postschalter. Das sollte man sich schon sehr genau überlegen. Gut, es gibt auch Leute, die sich das nicht überlegen, denen das wurscht ist. Dem Brenner Rudi zum Beispiel, der ist kategorisch unfreundlich, weil er glaubt, dass das Leben zu ihm auch nicht freundlich ist. Liesl weiß nicht, wieso das so ist. Dass manche Leute immer nur schlecht gelaunt sind und in jedem und allem nur das Schlechte sehen, aber nicht den Ursprung dafür bei sich selber suchen. Sie geben der Welt die Schuld daran, dass ihr Leben unlustig ist. Also soll es auch kein anderer lustig haben.

Echt nicht lustig, denkt sie sich, wie sie in die protzige Allee zur Villa der Möschls einbiegt. Hat ein bisschen was von *Denver Clan* oder *Dallas*. Augenblicklich summt sie die Titelmelodie, wobei sie nicht mehr so genau weiß, von welcher der beiden Serien die jetzt ist. *Da da da, da da da dada da da da da daaa*! Ihre Eltern haben das immer geschaut. Weil es da so wild herging, im Gegensatz zu ihrem Heimatort. Eine Serie, die *Öd* heißt, würde sich wahrscheinlich niemand ansehen.

Die schnurgerade Allee wird von Hainbuchen gesäumt, die der Möschl seinerzeit hat setzen lassen. Dummerweise sind die noch nicht wirklich gewachsen in all den Jahren. Es schaut ein bissel aus wie eine Miniatur-Allee. Eher für Alleebesitzer-Anfänger oder -Einsteiger. Eine Minimundus-Allee, quasi. In Klagenfurt gibt es ja so was, wo alles in Miniatur nachgebaut ist. Sie war zwar noch nie in Klagenfurt, weil sie Öd eigentlich nie verlässt. Aber sie hat einmal eine Doku darüber gesehen. Vom Namen her würde Klagenfurt ja viel besser zum Brenner Rudi passen, der beklagt sich doch ständig und verklagen tut er auch alle. Kommt ihr gerade so in den Sinn.

Weil die Allee eine Privatstraße ist, hat der Möschl sie auch gleich nach sich benannt. Das ist doch mal eine ganz besondere Form von Bescheidenheit. Auf den Briefen, die die Liesl dem Möschl Adam zustellt, steht also *An Herrn Adam Möschl, Adam-Möschl-Allee 1*. Wer hat das schon?

Sie fährt durch ein großes Steinportal mit einem geschwungenen Eisentor, wobei das gar keine richtigen Steine sind, sondern nur verzierter Beton. Naja. Der Michael Jackson hat das auf seiner *Neverland Ranch* irgendwie besser hinbekommen. Sie hat da mal eine Doku gesehen. Lisa-Marie Presley hingegen hat das Erbe ihres berühmten Vaters – und *Graceland* gleich mit – ganz mächtig an die Wand gefahren. Bedingt durch die eine oder andere nicht beneidenswerte Lebenskrise. Man weiß ja, was Entzugskliniken in Amerika kosten können. Der Liesl würde ja schon das Geld für die vielen teuren Drogen fehlen. Da fängt's schon an. Aber auch reiche Menschen haben das Recht auf Unglück und eine beschissene Kindheit. Das ist nur fair. Wir sind alle nicht gefeit. Da hilft auch das ganze schöne Geld nichts, denkt sich Liesl. Weder der Michael Jackson noch die Lisa-Marie waren glückliche Menschen. Waren die nicht sogar einmal miteinander verheiratet? Oder verwechselt sie da gerade was? Muss ja schräg gewesen sein: „Honey, wo magst denn heute übernachten, *Graceland* oder *Neverland*?" Das sind Sorgen. Und was für eine Musik haben die wohl gehört? Privat. Zu Hause. Die konnten ja auch nicht den ganzen Tag Elvis oder Michael Jackson hören. Egal. Die Liesl ist jedenfalls heilfroh darüber, dass sie nicht reich und berühmt ist, sondern nur die Liesl von der Post mit einem Stundenlohn von 17,76 Euro. Dafür geht man im Schnitt bei der Post bereits mit 53,57 Jahren in Pension. Da war der Michael Jackson schon vier Jahre tot und die Lisa-Marie wäre quasi genau bei Pensionsantritt verschieden. Auch nicht lustig. Doch nicht so schlecht bei der Post, sinniert Liesl. Und die Frage nach einer Lebenskrise stellt sich erst gar nicht. Weil man sich die nicht leisten kann. Und die Frage, wo sie heute übernachtet auch nicht. Einfach zu Haus, im Liesl-Land.

Und dann ist es auch schon da, Schloss Möschl, selbstverständlich in Schönbrunn-Gelb gestrichen. Das hätte schon was Einschüchterndes. Da würde man sich gleich einmal minderwertig vorkommen. Der bedrohlich knirschende Kies, über den man fährt, die breite Auffahrt rund um ein Blumenbeet mitsamt einer Hommage an den römischen Trevi-Brunnen. Sie war zwar noch nie in Rom, aber sie trägt immer wieder mal Postkarten aus, auf denen der Brunnen zu sehen ist. Wenn der

Trevi-Brunnen der größte Brunnen von Rom ist, dann ist der Möschl-Brunnen definitiv der größte von Öd. Gut, er ist auch der einzige.

Die vielen Skulpturen und Säulen rund ums Haus, die Jugendstil-Balustraden aus feinstem Beton, die geschwungene Treppe zur Eingangstüre. Ein bissel Kaiser Franz Joseph und Sisi. Wie gesagt, das hätte schon was Einschüchterndes. Wenn es kein Fertigteilhaus wäre. Es wirkt, als wäre es aus dem „Barbie & Sisi"-Katalog, nur nicht in Rosa, sondern in Gelb. Jedes Mal, wenn die Liesl da herkommt, wundert sie sich, dass man die Wände nicht aufklappen kann wie bei einem Puppenhaus. Die Fenster haben zwar so kleine Kasteln, aber sie sind halt aus weißem Plastik mit Wärmeschutz und Doppelglas. Es gibt Leute, die nennen so was „repräsentativ". Aber was hätte der Möschl tun sollen? Er hat sein Märchenschloss geschenkt bekommen, von einem Fertigteilhaushersteller. Der Möschl hat einmal einen volkstümlichen Schlager rausgebracht, der „Mia wohnan in einem Luftschloss" geheißen hat, und weil der Fertigteilhaushersteller mit dem Lied und dem Adam seine Häuser bewerben durfte, hat er dem Adam ein Schloss hingestellt. Adam Möschl wohnt also nicht nur in der Adam-Möschl-Allee, nein, er wohnt auch noch in seinem eigenen Luftschloss. Blöderweise ist das Märchen nicht aufgegangen. Niemand anderer wollte ein Schloss aus Pappmaché.

Der Liesl würde nie einer ein Haus schenken. Nicht einmal eine Gartenhütte. Der Adam ist halt ein bekannter Mann in der Schlagerbranche. Vielleicht kein Elvis und auch kein Michael Jackson, aber Österreich ist ja auch nicht Amerika und Öd ist nicht Chicago. Und das wird es auch nie werden.

Seit einer Ewigkeit moderiert der Möschl *Was wäre das Paradies ohne Musi?* Früher hat die Liesl das auch immer geschaut. Mit ihren Eltern zusammen. Das war ein Pflichttermin. So wie *Dallas* oder *Denver-Clan.* Die Öder und Öderinnen sind noch immer mächtig stolz darauf, dass der Möschl, ein echter Uröder, seinem Heimatort treu geblieben ist. Die Gemeinde hat ihm die Entscheidung vielleicht ein klein wenig erleichtert, indem sie ihm den Grund für sein Schlössl quasi gratis überlassen hat. Um das, was er dafür bezahlt hat, können andere gerade einmal eine halbe Stunde in der Kurzparkzone stehen bleiben.

Sie bremst vielleicht eine Spur zu heftig, jedenfalls reißen die Reifen eine Wunde in den schön geharkten Kies, obwohl sie eh total abgefahren sind. Liesl schnappt sich die vielen Postkarten, wahrscheinlich Fanpost, und sprintet die halbherzige Treppe rauf. Halbherzig deshalb, weil man quasi die linke oder die rechte Treppenherzhälfte nehmen kann. Im Ganzen und aus der Ferne betrachtet, schaut's aus wie ein Herz. Nur eben aus Beton.

Eine witterungs- und einbruchsresistente Haustüre mit formschönen Applikationen empfängt sie. Modell „Der erste Eindruck zählt". Wahrscheinlich war die Türe auch ein Geschenk. Ein Wunder, dass nicht überall die Namen der Sponsoren draufstehen, wie bei den Sportlern. Schon komisch, wenn du Geld hast, brauchst du keins mehr, weil dir eh alles hinten reingeschoben wird. Sie zieht an der Kette mit der Glocke. Das Prozedere kennt sie schon. Gleich drauf ertönt Möschls größter von ihm produzierter Hit als Klingelton im Inneren des Hauses. „Komm Schatzl, ich zeig dir mein Spatzl." Ein echter Ohrwurm auf jedem Feuerwehrfest.

Kein Licht. Niemand ist zu hören. Und noch einmal klingeln will sie sich ersparen. Na gut, was soll's. „Komm Schatzl, ich zeig dir mein Spatzl." Nicht einmal der Hund bellt. Vielleicht ist sie ja noch zu früh dran. Halb neun. Da sind Leute im Alter vom Adam und der Dietlinde eigentlich schon wach. Der Adam hat ja vor drei Monaten seinen 65er gefeiert. Das war vielleicht ein Festl. Aber vielleicht sind sie ja auch schon an der

Algarve, wie angekündigt. Der Möschl ist noch alte Schule, eine nicht aussterben wollende Saurier-Spezies, die noch nicht begriffen hat, dass für Leute wie sie längst Eiszeit herrscht. Einer wie er hält *MeToo* für eine Rockband aus Irland. Die Liesl hat da auch so ihre Erfahrungen gemacht.

Na gut, wenn keiner kommt, dann versucht sie es eben auf der Rückseite. Die Dietlinde sitzt um die Zeit gern auf der Terrasse beim Frühstück. Also schreitet Liesl die halbherzige Feinbeton-Prunktreppe wieder runter und fühlt sich dabei ein bissel wie Romy Schneider auf dem Weg zu ihrem Karlheinz Böhm. Liesl und ihre Eltern haben das damals immer geschaut. Zu Weihnachten. *Sissi, die junge Kaiserin.* Oder *Sissi, Schicksalsjahre einer Kaiserin.* Jetzt, wo sie drüber nachdenkt, haben sie und ihre Eltern schon viel ferngeschaut. Damals. Da war der Samstagabend noch heilig. Gemeinsam mit der Familie. Aber heute? Da hocken zwar noch alle beieinander, aber jeder streamt für sich allein. Trostlos irgendwie.

Als Liesl sich durch die grüne Kunsthecke schlängelt, die wirklich täuschend echt nach Lorbeer ausschaut, nur viel pflegeleichter, steht sie mitten auf dem sauber gemähten Rollrasen direkt vor einem Klapperstorch. Aber der ist genauso wenig echt wie das Luftschloss, die Hecke und womöglich auch der akkurat gestutzte Rasen. Sie fragt sich kurz, ob zumindest der Gärtner echt ist oder ob sie da vielleicht einen Schauspieler engagieren, der so tut, als würde er die Plastikhecke schneiden und den Kunstrasen mähen. Vielleicht heißt er ja Ken und wohnt bei seiner Barbie im Puppenhaus.

Irgendjemand hat den aus billigen Pressspanplatten gesägten, orange-weiß bemalten Storch mit einem spitzen Stecken ins unberührte Grün gerammt. Aus seinem schwarzen Schnabel ragt ein rosa Bündel und drinnen steckt ein nacktes Baby. Das ist allerdings auch nicht echt. Gott sei Dank, denkt Liesl.

Umso echter ist allerdings die Dietlinde Möschl, die in seidenem Morgenmantel und sündteuren Dior-Schlapfen auf dem ahnungslosen Grün steht und den flachen Storch anstarrt. Unpassender hätte die Liesl nicht daherkommen können. Doch damit nicht genug. Jetzt tritt auch noch der Möschl Adam auf den Balustradenbalkon oben im ersten Stock. Wie Gott ihn schuf. Man muss sagen: Gott hat nicht immer Geschmack. Früher galt ja ein großer Bauch als Zeichen von Wohlstand. In irgendeiner Studie hat Liesl mal gelesen, dass Männer mit Bauch entspannter sind und einen besseren Charakter haben. Der Adam Möschl dürfte an der Studie eher nicht teilgenommen haben. Liesl seufzt erleichtert, eine von den bauchigen Säulen verdeckt großzügig Adams ehrloses Gemächt.

Dietlinde schaut vom Storch rauf zu ihrem Adam und dann zur Liesl, der daraufhin gleich einmal die ganze Fanpost aus der Hand rutscht und sich vorm Storch und seinem Baby ergießt. Erst jetzt bemerkt sie, dass das alles die gleichen Glückwunschkarten sind: *Klopf, Klopf, du bist da, die Welt steht Kopf*, steht vorne drauf und ein Baby hockt daneben und grinst.

Es gibt manchmal so Momente, wo man sieht, wie ein Leben kippt. Und so kommt es Liesl gerade vor. Sie sieht den nackten Adam taumeln, sieht, wie er sich mit der linken Hand an die Brust greift und mit der anderen an der Feinbeton-Balustrade abzustützen versucht. Sie sieht, wie er nach vorne kippt und mit dem gesamten Gewicht auf das Säulengeländer kracht, das daraufhin wie Spielzeug zerbirst, Feinstaub aufwirbelt und Adam kopfüber den Weg in den Abgrund ermöglicht. Dumpf schlägt er auf dem Grün auf und federt nach, als wäre der Rasen aus Schaumstoff. Ja, es wirkt fast harmlos. Als hätte nur jemand mit dem Finger auf ein Mikrofon mit Windschutz geklopft. Klopf, Klopf. Aber da hört Liesl auch schon Dietlindes schrilles Organ und begreift, dass sie sich den Sturz des Patriarchats nur eingebildet hat.

Das Paradies ohne Adam

Drei Monate zuvor ist die Welt noch in Ordnung. Genau da, wo der Storch eine Platzwunde ins Grün reißen wird, steckt nun ein lebensgroßer Adam Möschl aus recyclingfähigem Pappkarton. Ebenso flach wie der klappernde Storch. Aber diesmal hat Gott mehr Geschmack bewiesen und Adam Möschl in einen Trachtenanzug gesteckt. Einen weißen, wohlgemerkt. Fehlen nur noch die zarten Flügerln und man könnte ihn für einen Engel halten. Den Anzug hat er wahrscheinlich geschenkt bekommen. Von einem namhaften Herrenausstatter aus dem vorigen Jahrhundert. Der Pappkarton-Adam grinst und hält ein goldenes Schild in der Hand, auf dem in roten Buchstaben „Was wäre das Paradies ohne Adam? – 65 göttliche Jahre" steht.

Gleich daneben hat jemand ein Podest aufgebaut. *Inferno*-Mike Donath kümmert sich um die Technik. Ganz in Weiß, nur ohne Blumenstrauß, denkt sich Liesl. Dass sie das noch erleben darf. Normalerweise trägt der schöne (inzwischen leicht vergilbte) Mike ausschließlich Schwarz. In all den Jahren, die sie Mike nun schon kennt, hat sie ihn nie in einer anderen Farbe gesehen. Und sie ist sich sicher, dass er mit seinen knapp 50 Jahren auch schon vor ihrer Geburt Schwarz getragen hat. Wahrscheinlich war sogar schon sein Strampler schwarz, wie er noch ein Baby war. Sie muss unbedingt mal die Gerda, seine Mama, fragen, wenn sie sie das nächste Mal im Seniorenheim besucht. Überhaupt trägt Mike immer das gleiche Gwand. Schwarze, enge Stretch-Röhrenjeans (von denen sich Liesl jedes Mal fragt, wo man die heute noch kaufen kann), die in schwarzen Westernstiefeln mit schrägen Absätzen stecken. Dazu ein schwarzes, hautenges Ruderleiberl, unter dem sich inzwischen ein Bäuchlein abzeichnet. Ansonsten ist er knochig und dürr, so wie sich ein geschultes Auge einen routinierten, unauffälligen Alkoholiker und Kettenraucher nun mal vorstellt.

Auf dem selbst entworfenem Shirt steht entweder *Disco-Inferno* oder *Video-Inferno* oder (Liesls Lieblingsmotiv) *The Master of Inferno*, das Mike mit einem Laserschwert zeigt, während er auf Luke Skywalker macht, der wie John Travolta da steht. Sogar sein schütteres Haar und sein schmaler Gigolo-Bart sind schwarz gefärbt. Die geföhnte Haartolle geht sich schon länger nicht mehr aus. Irgendwie kann der Mann nicht alt werden, sinniert Liesl. Oder er ist in einer 80er-Jahre-Zeitschleife hängen geblieben.

Mike hat schon alles in seinem Leben versucht und ist jedes Mal infernal gescheitert. Und immer waren die anderen schuld – oder die Umstände oder das Finanzamt. Als er seine Videothek eröffnet hat, kam gleich drauf die DVD. Kaum hatte er alles auf DVD umgestellt, kam das Streaming. Und mit seiner Disco lief es nicht viel anders. Mikes Leben ist das reinste Inferno. Ein ständiges Scheitern. Vielleicht hat ihm ja deshalb der Möschl Adam einen Job gegeben. Anstatt was zu spenden.

Liesl kann es noch immer nicht fassen und macht heimlich ein Foto von ihm. Ein Traum. Sogar die Stiefel sind weiß und statt einem schwarzen Shirt trägt er doch tatsächlich ein weißes Hemd, das bis kurz vorm Bauchansatz aufgeknöpft ist und ein Inferno-Tattoo auf seiner Brust offenbart. Eh klar, was sonst.

Mike schwirrt gestresst zwischen Bühne und Mischpult hin und her, dabei singen eh alle zum Halbplayback. Jetzt sind gerade die Luschtigen Okroatzer Buam dran. Die hat der Möschl groß gemacht und unter Vertrag.

Mia Buam tonzen durch heit Nocht.
Die Nocht, die werd zum Tag g'mocht,
es wird g'soffen und g'locht,
bis es scheppert und krocht, krocht, krocht.
Juchhei, Juchhei, Juchhei!
Dirndl, hasch koa Daweil oder bisch' dabei?

Weiße Lampions hangeln sich von Baum zu Baum. Überhaupt ist die gesamte abendliche Gartenparty in jungfräulichem Weiß gehalten. Die hässlichen Stehtische, die alten Klappbänke und die verkratzten Biertische sind allesamt unter weißen Tüchern versteckt, passend zum hell erleuchteten Märchenschloss. Hier ist keiner das, was er vorgibt, zu sein. Nicht einmal der Biertisch. Wenn die Liesl nicht wüsste, dass grad Sommer ist, könnte man fast glauben, dass gleich der heilige Adam als Weihnachtsmann verkleidet und auf einem von sechs Rentieren gezogenen Schlitten vom Himmel hoch über seinem Märchenschloss geflogen kommt und es Geschenke regnen lässt.

Es sind alle da. Alle, die man kennt aus der volkstümlichen Schlagerwelt: Die Okroatzer Buam („Juchhei, Juchhei, Juchhei!"), Angela Schön („Der Himmel weint um di, mei Engel"), Die Drei Wuiden („Die wuide Hilde"), Jacky Herzog („Ich will leben, lieben, frei sein"), Die fidelen Kamptaler („A Bussl geht immer"), Arnulf Pircher („Komm, süßer Schmetterling"), Die Heimat-Vagabunden („Mei Hoamat bist du, du, du"), Joschi & Martina („A Jodler nur für di"), Franz & die Bergfexen („Kumm auf den Berg mit mir"), Nino Martini („Heut lass ma's krachen") und sogar Die romantischen Oberrainer („Ein bisserl Herz ist immer dabei"). Alle huldigen dem alten Möschl. Dem Herrgott über Hit oder Flopp, über Fernsehshow oder Bierzelt, über Scheinwerferlicht oder Versenkung. Wer es in seine Sendung schafft, hat die Chance, die großen Hallen zu füllen oder die Skisaison in der Ramsau zu eröffnen. Wenn er will, verdienst du viel Geld. Dann wird aus einem Luftschloss schnell ein echter Traum.

Liesl schwirrt mit einem Tablett voller Getränke durch die Menge. Die Rita vom *Jägerwirt'n* ist fürs Catering zuständig. Dabei schaut die immer so ernst drein, als wäre ihr schon vor Jahren das Lachen vergangen. An der ist viel verloren gegangen, aber sicher keine Wirtin. Die Rita wirkt immer so, als würde sie sich vom Leben ungerecht behandelt fühlen, hat die Liesl das Gefühl. Wer weiß, vielleicht wollte sie ja immer ganz was anderes vom Leben. Aber keiner hat sie je gefragt. Ihre Eltern haben schon den *Jägerwirt* geführt und davor ihr Großvater. Also wurde das Madl auf die Tourismusschule geschickt, um nachher das Gasthaus zu übernehmen. Das war damals so.

Liesl Eltern waren da anders. Die haben gesagt, Liesl, tu das, was dich glücklich macht. Und die Liesl hat gesagt, gut, dann geh ich zur Post und trag Liebesbriefe aus. Da war sie zwölf. Aber bisher hat sie genau einen Liebesbrief ausgetragen. Das hat sie daran gemerkt, dass er nach Lavendel gerochen hat. Und der ging an den Absender zurück. Trotzdem mag sie ihren Beruf und bereut keinen Tag. Witzig, fällt Liesl gerade ein, der Brief damals, der war für die Rita bestimmt, und sie hat ihn nicht angenommen. Selber schuld. Vielleicht wäre sie jetzt glücklicher.

Der Möschl betont immer gern, dass man die heimische Wirtschaft unterstützen muss und das Regionale ist überhaupt ganz wichtig. Und Nachhaltigkeit sowieso, auch wenn er nicht so genau weiß, was damit überhaupt gemeint ist. Wahrscheinlich lässt er deshalb den Mike die Technik machen und die Rita das Catering und die Liesl und noch ein paar andere aus dem Ort sind im Service. Aber vielleicht ist es auch einfach nur billiger. Das Fleisch im Chili con Carne stammt jedenfalls von heimischen Rindern aus der Region, die glücklich waren, wie sie geschlachtet wurden. Das Rezept stammt allerdings aus Mexiko und nicht aus Öd.

Wenn da jetzt eine Bombe einschlagen oder ein Rentierschlitten abstürzen würde, wäre das auf einen Sitz das Ende der volkstümlichen Schlagermusik, denkt sich Liesl, wie sie sich durch die Menge schlängelt und freundlich lächelnd die Spirituosen anpreist.

Mittendrin, quasi umzingelt von glitzernden Schlagersternchen, -stars und angezählten Veteranen stehen die Würdenträger der Gemeinde Öd. Der Form halber dürfte der Möschl sie wohl auch eingeladen haben. Oder seine Frau, die Dietlinde. Vielleicht brauchen sie auch noch ein bissel einen Gemeindegrund für ein Labyrinth oder einen Schlossteich, die ihm irgendwer zum Geburtstag schenken will. Oder der Adam will einfach nur seine Verbundenheit zu seinem Heimatort zum Ausdruck bringen. Heimat ist ja ganz was Wichtiges im volkstümlichen Gesang. *Mei Hoamat bist du, du, du.* Ja, ja, der Möschl versteht sein Geschäft. Und die perfekte Vorzeigefamilie hat er auch noch. Sein Sohn, der John Möschl, ist ein robuster Feschak. Um die knackige Hüfte eine Krachlederne und glänzendes Gel in der wilden schwarzen Mähne. Ein singender Holzfäller mit einem immer eine Spur zu weit aufgeknöpften Hemd. Das ist das, was sich die Madln wünschen. Seine Mutter, die Dietlinde, hat den John F. Kennedy so verehrt. Und weil der so tragisch sterben musste, darf er jetzt in ihrem Sohn weiterleben. Zumindest dem Namen nach.

Dietlinde hat es nicht so leicht mit ihrem Adam. Vielleicht rührt daher ihr ewiger trauerüberladener Kummerblick mit einem Hauch von grundsätzlichem Misstrauen. Sie schaut immer ein bissel drein, als hätte sie einen übersäuerten Magen. Aber es gibt auch Leute, die behaupten, dass der Adam ohne seine Linde nirgendwo wäre und sie seine vielen Hormoneskapaden nur erträgt, weil sie dadurch ihre Ruhe und sein Geld hat. Und dann gibt's noch die Nadine, in etwa so alt wie der John. Sie schupft die Agentur des Alten. Das ist die Tochter von der Rita. Sie hat schon immer gern gesungen, kann sich die Liesl erinnern, aber optisch hat's halt nie gereicht zum Schlagerstar. Die Liesl kennt sie schon seit der Jugend. Die Nadine hat halt schon immer mit ihrem Gewicht gekämpft. Und die Schlagerwelt ist nun mal unerbittlich, sagt der Möschl. Und der muss es wissen.

Die Honoratioren der Gemeinde wirken völlig verloren inmitten der gut ausgeleuchteten Prominenz. Fast schon wie eine verängstigte Herde schwarzer Schafe, umringt von weißen Schäferhunden. Es hat ihnen offenbar niemand was vom reinweißen Dresscode erzählt. Jetzt stehen also der Nah-&-Frisch-Walter, die Basta-Roswitha vom Postschalter, die Kleenex-Susi, die Frau Doktor Gapp und der Postenkommandant Tröger blöd da und sind die Einzigen, die ungewollt Farbe bekennen. Da hat die Öder Kurzzeitbürgermeisterin Kröll fast schon wieder Glück, dass sie derzeit in Untersuchungshaft sitzt und nicht dabei sein muss. Sie hat ja kürzlich mit einem schussfesten Schluckauf ihre Amtsleiterin, die Eva Krug, ins Jenseits befördert. Im Moment steht Öd also ohne Führung da. Und das letzte bisschen Elend, das noch repräsentativ übrig geblieben ist, trägt Tracht, Dirndl, Polizeiuniform oder ein knallbuntes Kleid von Desigual (die Susi, wer sonst?). Liesl versorgt die trostlose Runde erst einmal mit Alkohol. Vielleicht hilft das ja.

„Wie wäre es mit einem Drink, Walter? Ist gratis."

Walter schaut Liesl abschätzig an: „Hast du nicht das Gefühl, dass du dich verkaufst?"

„Wieso, weil ich mir ein bissel was dazuverdiene oder weil die Rita vom *Jägerwirt* das Catering macht und nicht du?"

„Ich hätte das locker g'schupft", kontert Walter trotzig und greift sich dabei missmutig mit der Hand zwischen Hemdkragen und Nacken.

Liesl deutet auf Susi, die beim rustikalen John Möschl steht, ein Häppchen nach dem anderen futtert und dazwischen verlegen kichert, wenn der singende Holzfäller einen Scherz macht. „Sicher. Du und deine Rabattmarken-Susi. *Immer frisch, euer Feinkost Walter*. Und was hätt's geben? Leberkas-Semmeln mit und ohne Gurkerl?"

Im gleichen Moment ärgert sich die Liesl ein bissel über sich selbst. Sie sollte nicht so streng mit dem Walter sein. Der hat es in letzter Zeit wirklich nicht so leicht gehabt. Erst stirbt seine große Jugendliebe, die Eva Krug, und dann stellt sich auch noch heraus, dass seine Frau sie versehentlich auf dem Gewissen hat. Sofern man bei der Franziska von Gewissen und Zufall reden kann. Immerhin hat sie den armen Walter auch gern verprügelt. Held ist er ja nun wirklich keiner. Eher ein Antiheld. Durchaus liebenswert. Aber brav. Liesl weiß gar nicht, wie lange der Walter schon den Supermarkt in Öd leitet. Wobei *Super* schon ein bissel hochgegriffen ist. Vielleicht hat den Walter ja das gleiche Schicksal wie die Rita ereilt. Seine Eltern haben schon den Laden geführt, also war klar, dass der Walter Einzelhandelskaufmann lernt und einmal den Nah & Frisch übernimmt.

Was wohl aus all den Leuten geworden wäre, wenn sie nur mal wer nach ihren Träumen gefragt hätte. Operndiven, Modedesigner, Lokomotivführer? Gute Frage, denkt sich Liesl und bleibt sich und dem ahnungslosen Walter die Antwort schuldig, weil genau in dem Moment Barbaras Noch-Ehemann, der Bernhard Gapp, den Garten betritt. „Oh, Oh“, murmelt sie leise und trippelt hastig weiter zu ihrer Freundin Barbara, noch bevor der frustrierte Walter überhaupt was sagen kann. Barbara steht beim Postenkommandanten Tröger, der zur Feier des Tages seine Ausgehuniform angelegt hat. Fesch, aber halt nicht weiß. Auch gut so, sonst würde er aussehen wie Kapitän Silbereisen auf dem *Alb-Traumschiff*, denkt sich Liesl. Wie es so einen attraktiven Mann aus der Stadt nach Öd verschlagen konnte, ist auch noch ein Rätsel, das Liesl zu lösen hat. Aber im Moment hat sie andere Sorgen.

Sofort zischelt sie ihrer Freundin Barbara die Gefahr ins Ohr: „Doktor Schiwago ist im Anmarsch“ und deutet dabei in Richtung Gartentor.

Barbara traut ihren Augen nicht. Da steht doch tatsächlich ihr zukünftiger Exmann, noch dazu in unschuldigstem Weiß.

„Der hat ja überhaupt keinen Genierer." Magnus folgt den Blicken der beiden und lächelt gequält.

„Wer hat den denn eingeladen?", ärgert sich Barbara.

„Vielleicht ist er ja nur die Begleitung vom Mike", wirft Liesl ein und blickt zu Mike, der immer noch orientierungslos am Mischpult herumdreht.

„Du glaubst doch nicht ernsthaft, dass so ein konservativer Saubermann wie der Möschl Adam ein homosexuelles Pärchen einlädt."

„Auch die Schlagerwelt kann sich dem Fortschritt nicht entziehen."

„Homosexualität hat es schon immer gegeben."

„Das schon. Aber nicht offiziell."

Barbara schnappt sich einen Drink von Liesls Tablett und schüttet ihn in einem Zug runter.

Liesl übt sich in ihrer neuen Profession: „Rum, Whisky, Eis und Zitronensaft mit einem Schuss Kohlensäure. Nennt sich Witwenmacher. Ein Drink für Genießer."

„Reines Wunschdenken", kontert Barbara und schnappt sich gleich einen zweiten.

Inzwischen haben sich Adam und Dietlinde auf die kleine Bühne begeben und bitten ihre Gäste um Aufmerksamkeit. Mike drückt den beiden hastig zwei Mikros in die Hand.

„Grüß euch, schön, dass ihr alle da seids", dröhnt Adam sonor ins Mikro, als wäre er der Direktor vom *Traumhotel Mauritius*. Und schon applaudieren die Märchenlandbesucher. „Was wäre das Paradies ohne Musi? Und was wäre der Adam ohne seine Linde?", haucht Adam und busselt seine Frau.

Liesl will gerade zurück ins Luftschloss das Tablett auffüllen, als sie Rita Jäger in der Terrassentüre stehen sieht, mit verschränkten Armen und blankem Hass in den Augen. Mit eisgekühlter Miene lauscht sie den Worten des alten Verführers.

„Für einen jeden von uns heißt es irgendwann einmal, leise ‚Pfiat di, Servus und Baba' zu sagen. Wie ihr alle wisst, war das Leise noch nie meins." Der Charmeur versteht es, Pointen zu setzen, und sein Publikum versteht es, an den richtigen Stellen zu lachen. „Ich bin ja mehr fürs Humtata, drum lassen wir es heute noch einmal so richtig krachen, bevor meine ewige Traumfrau und ich unser neues Leben in der Algarve ..."

Noch bevor er den Satz zu Ende schmalzen kann, fährt ihm seine ewige Traumfrau dezent, aber markant ins Wort: „AN der Algarve."

Don Juan de la Mancha grinst gequält und spricht weiter: „*An* der Algarve im schönen Spanien ..."

Und wieder fällt sie ihm gefasst, aber deutlich ins Wort. Er bereut insgeheim, Mike Donath engagiert zu haben, weil der ihnen zwei und nicht nur ein Mikro gegeben hat. „Portugal", zischelt Linde kalt lächelnd ins Mikro.

Adam überspielt die dünnlippige Zurechtweisung gekonnt und routiniert: „Haha, ihr merkts schon, die Linde ist die wahre Chefin im Paradies. Aber wenn du dein Leben lang nur für die Musi gelebt hast, dann kann so ein geografischer Ausrutscher schon einmal passieren. Wie auch immer, das Leben, die Liebe, die Musi und die Show gehen auch ohne mich weiter. Ihr werdets schon sehen, was ihr davon habts!" Jetzt lacht er schon so hilflos wie ein alternder Artist, dem die Jonglierkeulen entgleiten. „Haha!!! Und jetzt lassen wir es krachen, bis der Tod b'soffen unter der Bierbank liegt. Prost!" Adam hebt sein Glas und schluckt die ganze Bitterkeit in einem Zug hinunter. Die Schlagerbranche lacht und applaudiert.

John betritt das kleine Podest. Mit Tränen in den Augen umarmt er seine Eltern, als hätten sie gerade erst durch *RTL-Vermisst* wieder zueinander gefunden. John nickt Mike Donath unauffällig zu, was dieser weniger routiniert zum Anlass nimmt, das Playback zu starten, noch bevor John das Mikro übernommen hat. Johns Ärger darüber ist nicht zu übersehen. Von Tränen keine Spur mehr.

Linde verlässt die Bühne mindestens genauso versiert wie unbemerkt. Sie ist es gewohnt, im Schatten ihres Mannes zu leben. Es hat auch seine Vorteile, dem anderen die Sonne zu überlassen. Wenn sich jemand verbrennt, dann er. Sie friert höchstens. Da hören die Leute auch schon den Sohn singen, noch bevor ihm der Vater das Mikro reichen kann.

Pfiati, Servus und Baba.
Wir sehen uns wieder, ganz bestimmt.
Auch wenn mein Herz vor Schmerz zerrinnt …

Wie gern würde sich der Adam jetzt in Luft auflösen. Aber das geht leider nicht. Obwohl er in einem Luftschloss lebt.

So schnell kann's gehen ...

Und schon hat sich der Adam doch noch in Luft aufgelöst. Zumindest wird sein Sarg gerade in die feuchte Erde hinuntergelassen. Grad eben hat sein Sohn das Lied noch zu seinem Geburtstag gesungen und nicht einmal drei Monate und zwei Wochen später steht er am Grab seines Vaters und singt es schon wieder. Als hätte er niemals damit aufgehört.

Ich weiß, am End' ist man allein,
doch die Zeit mit dir, die bleibt,
gestern so wie heut'.
Du warst der beste Freund auf dera Welt,
das wiegt mehr als alles Geld.
Du bist und bleibst mein Held.

Witzig, denkt sich Barbara, da am Grab stehen genau die gleichen Leute wie seinerzeit beim 65er vom Möschl. Nur dass alle, die damals weiß gekleidet waren, jetzt Schwarz tragen und sich fernsehtauglich die Tränen aus den Augen wischen. Die Oakroatzer Buam, Angela Schön, Die Drei Wuiden, Jacky Herzog, Die fidelen Kamptaler, Arnulf Pircher, die Heimat-Vagabunden, Joschi & Martina, Franz & die Bergfexen, der Nino Martini und Die romantischen Oberrainer. Sie alle sind der allerletzten Einladung des großen volkstümlichen Schlagergottes gefolgt. Ist da so was wie Erleichterung in ihren Gesichtern zu sehen? Barbaras Blick wandert über das trauernde Schlagerkarussell. Kann es sein, dass sie mit dem Tod des Schlager-Diktators auch von seinen vertraglichen Ketten befreit sind? So wirkt es zumindest. Endlich frei. Wäre auch ein schöner Schlagertitel, denkt sich Barbara und bastelt still an einer passenden Melodie.

Endlich frei,
von den Ketten gelöst.
Endlich ist alles vorbei,
die Schwere, das Harte,
das Strenge, das Böse.
Endlich wieder frei,
frei für die Liebe.
Endlich erlöst.

Vielleicht sollte sie ja Schlager schreiben. Gott sei Dank hat die Liesl Barbaras Rat befolgt und ist nicht zum Begräbnis erschienen.

Eine Menge Paparazzi harren hinter den Lorbeerhecken aus und warten nur darauf, dass der Adam wieder aufersteht oder sonst irgendein Wunder geschieht. Wahrscheinlich hat er sie kurz vor seinem Tod noch selber angerufen. Wundern würde es die Barbara nicht. Witwe Dietlinde hat einen kleinen schwarzen Hut auf, mit einem Netz vorm Gesicht, damit man ihre Tränen nicht sieht oder damit man nicht sieht, dass sie nicht weint. Barbara ist sich da nicht so sicher. Gestützt wird Dietlinde von Nadine, die recht gefasst wirkt.

Barbara stupst Magnus Tröger an, der gleich neben ihr steht: „Komisch, die Nadine ist doch die Tochter von der Rita. Wieso steht die nicht bei ihrer Mutter, sondern bei der Dietlinde?"

Der Herr Postenkommandant reagiert knapp und schmallippig: „Naja, die Dietlinde hat ja ihren Mann verloren und nicht die Rita."

Da ist natürlich was dran, denkt sich Barbara und schielt rüber zur Jägerwirtin. Dreinschauen tut die allerdings auch nicht anders als die Dietlinde. Ganz ohne Trauerhut und Netz vorm Gesicht.

Nun stupst Magnus Barbara an: „Aber du fängst jetzt nicht auch so an wie die Lieselotte, oder?"

Barbara setzt einen unschuldigen, leicht vorwurfsvollen Blick auf. „Wieso, was tut denn die Liesl?“

„Recherchieren, wo es nix zu recherchieren gibt. Morde sehen, wo es keine gibt. Sich für eine Detektivin halten, obwohl sie keine ist. Es war ein Unglück. Sonst nix.“

„Eh“, antwortet Barbara, nun genauso schmallippig wie zuvor der Herr Postenkommandant.

Zumindest heute fällt die Gemeinde optisch nicht aus dem Gesamtbild. Aber das ist auch klar. Auf einen Patezettel muss man nicht zwingend einen Dresscode draufschreiben wie bei einer Geburtstagseinladung. Es tragen alle Schwarz, zumindest fast alle. Der Nah-&-Frisch-Walter, die Basta-Roswitha und auch Barbaras Ex, der Herr Doktor Bernhard Gapp, wie sie ihn neuerdings zu nennen pflegt, alle tragen düster. Und sein Lover, der Mike Donath, ist auch wieder schwarz angezogen. Der trägt, wie die Gondeln von Venedig, täglich Trauer. Nur Susi Einfältig fällt ein bissel aus der dunklen Reihe mit ihrem bunten Desigual-Mantel, aber vielleicht hat sie ja nur den einen. Dafür flennt sie wie ein Schlosshund, der sein Herrchen verloren hat. Aber heulen tut sie sowieso gern. Entweder aus Freude oder aus Leid. Deshalb nennen die Leute sie ja die Kleenex-Susi, weil sie bei sich an der Kassa immer eine Packung Taschentücher stehen hat.

„Die ist schon nicht mehr nah am Wasser gebaut, die macht allein durch ihre Tränen aus jedem Teich einen See“, wirft die Liesl gern ein, wenn die Susi mal wieder die Kassa beim Nah & Frisch unter Wasser setzt, nur weil irgendwo ein kleines Hunderl verloren gegangen ist.

Diesmal hat Barbara eher das Gefühl, die Susi weiß selber nicht so genau, warum sie heult. Entweder aus Liebe oder aus Schuldgefühlen. Aber warum sollte sich die Susi schuldig fühlen? Da fällt schon eher Mike Donath auf, der die Susi heute zu übertreffen versucht. Großes Drama. Herr Doktor Bernhard Gapp versucht, ihn zu stützen und zu halten, aber Mike flennt seine Knie klapprig, als hätte er gerade den wichtigsten Menschen in seinem unwichtigen Leben verloren. Dabei hat er dem Möschl doch nur ein einziges Mal in seinem Leben ein kabelloses Mikro gereicht, soweit sich Barbara erinnern kann, aber ansonsten weiß sie nichts davon, dass die zwei irgendwas miteinander zu tun hatten. Aber Mike hat ja schon immer gern gesungen. Vielleicht hat ihm der Möschl ja eine späte infernalische Weltkarriere versprochen. Man weiß es nicht. Ein Hauch mehr an verpasstem Ruhm und seine Zündholzhaxen knicken weg wie bei einem Kastanienmännlein. Ein gefundenes Fressen für die Paparazzi.

Barbara hält Ausschau. Nix zu sehen von der Liesl. Und das ist auch gut so. Nicht auszudenken, was, nach alldem, was zuvor geschehen ist, dann passieren würde ...

Noch ist die (Schlager-)Welt in Ordnung!

Ja, noch ist Adam Möschl quietschfidel und lässt sich hochleben und besingen auf seinem Festl. Und Susi weint auch nur ein bissel. Eher Glücks- und Freudentränen spiegeln sich in ihren Kontaktlinsen, wie sie da vor der Bühne steht und ihren heiß verehrten und unerreichbaren John Möschl anstarrt und stumm die Lippen zum Text bewegt. Sie kennt jedes seiner Lieder auswendig. Zu ihrer Ehrenrettung sei gesagt, dass – bis auf den Herrn Postenkommandanten – alle mitsingen. Und zwar lauthals. Barbara, Roswitha, Walter, selbst Pfarrer Rahul bedauert es, seine zwölfsaitige Gitarre nicht dabei zu haben. Und erst recht kann keiner von ihnen verleugnen, dass seine Augen vor lauter Gefühlsaufwallungen glänzen und leuchten. Fehlen nur noch die Feuerzeuge in der Luft.

Ich weiß, wir sehen uns wieder.
Und dann singen wir die Lieder,
die Lieder unserer Zeit.
Und solange wir die singen,
so lang' gibt's kein Vergessen.
So lange wir die singen,
so lang' lebst du in unseren Herzen.
Pfiati, Servus und Baba,
du bist und bleibst unser Held
auf dieser Welt.

Beim Refrain hat sich Adam das zweite Mikro geschnappt, seinem Sohn den Arm um die stramme Schulter gelegt und mitgesungen. Das sind berührende Momente. Gut, dass er doch noch einen Kameramann engagiert hat, um das Ganze zu filmen. Für die Ewigkeit. Oder zumindest für einen Spartenkanal, der Content braucht. Die Gäste applaudieren euphorisch. Adam winkt ihnen zu, als würde er in einem Stadion stehen. Ein echter Profi halt. Im nächsten Moment hat er sich auch schon durch die vielen Schulterklopfer Richtung Fertigteilschloss geschlängelt.

Gerade wie Liesl das Tablett mit frischen Witwenmachern bestücken will, hört sie, wie Adam seine ewige Traumfrau böse anfährt: „Und, bist jetzt zufrieden?"

Linde reagiert unbeeindruckt und kalt: „Spanien. Nicht einmal das weißt. Wenn ich nicht längst jegliche Scham verloren hätte, wäre es zum Schämen." Daraufhin lässt sie ihn einfach stehen und begrüßt Barbara und Magnus. Adam schnappt sich einen von den Witwenmachern von Liesls Tablett und verschwindet angefressen in seinem Luftschloss.

Dietlinde mimt die perfekte Gastgeberin. In ihrer Gegenwart bräuchte man eigentlich einen Wintermantel, denkt sich Liesl. Beim Rausgehen ja nicht anstreifen, sonst holt sie sich noch eine Frostbeule. Wie sie sich mit dem Tablett an der Eiskönigin vorbeischlängelt, hört sie sie noch sagen: „Frau Doktor Gapp! Schön, dass Sie es einrichten konnten!"

„Das ist doch selbstverständlich", antwortet Barbara nonchalant.

„Inspektor Tröger …", Dietlinde reicht ihm die Hand, als wäre sie die Herrin über Schloss Windsor.

„Danke für die Einladung", antwortet Magnus lächelnd.

„Schön, dass ich Sie endlich einmal persönlich kennenlerne. Ist Ihnen nicht fad da bei uns am Land? Hier gibt's ja weder Mord noch Totschlag. Leider." Während sie das sagt, blickt Dietlinde in die Richtung, in die gerade ihr Mann entschwunden ist.

„Ich bin ganz froh darüber", antwortet Magnus, ohne Dietlinde spüren zu lassen, wie sehr ihn die Frage nervt. Barbara scheint

Magnus' Gedanken lesen zu können, während ihr ganz ein anderer in den Sinn kommt. Wieso ist Magnus wirklich hier? Warum hat sich jemand wie er in den hintersten Winkel Österreichs versetzen lassen? Und das offenbar freiwillig. Eigentlich weiß sie nichts über ihn. Auf einmal war er da. Der fesche Postenkommandant, der immer höflich und zuvorkommend ist. Ein echter Gentleman. Der viel besser in die Oper passt als in die Provinz. Mit seiner Eleganz wirkt er auf wunderbare Weise deplatziert im plumpen Öd, wo ein jeder einen Dialekt raunzt, mit dem man Wände abschmirgeln könnte. Barbara hat sich nach all der langen Zeit noch immer nicht daran gewöhnt. Wenn ihr die Patienten in der Praxis ihr Leid klagen, muss sie oft an heisere Krähen denken. Magnus ahnt gar nicht, wie gut er ihr tut. Mal abgesehen davon, dass er sie sieht, wenn er sie ansieht. Ihr Mann hat sie schon lange nicht mehr gesehen. Im Gegenteil, er hat durch sie hindurchgeblickt, als wäre sie nicht da.

Dietlinde reißt Barbara aus ihren Gedanken: „Nehmen Sie es nicht persönlich, Herr Postenkommandant, aber ich kann es gar nicht erwarten, endlich von hier zu verschwinden. Der reinste Sündenpfuhl." Dabei streicht sie ihm mit der flachen Hand übers Revers, als wolle sie sich versichern, dass wenigstens er einen Funken Anstand besitzt. Ihr Blick wandert weiter zu Rita, die gerade damit beschäftigt ist, das Buffet aufzufüllen. In der nächsten Sekunde klopft Dietlinde seufzend ein Ausrufezeichen auf Magnus' Brust und verschwindet im lauen Sommersündenpfuhl, als wolle sie sich darin ertränken.

„Puh! Da hab ich ja echt noch einmal Glück gehabt."

Magnus versteht nicht, was Barbara meint.

„Dass ich noch rechtzeitig die Notbremse gezogen hab. Sonst wäre ich womöglich auch einmal wie die Linde Möschl geworden. Können Sie eigentlich tanzen, Herr Postenkommandant?"

Fegefeuer

Adam Möschl wird eher nicht mehr so schnell tanzen. Pfarrer Rahul steht neben dem offenen Grab und sucht in *seine unverwechselbare indische Aksent* nach den richtigen Worten: „Irgendwie stirbt jeder zu früh. Noch immer gäbe es Menschen, mit denen man sich noch aussöhnen müsste oder wo Irrtümer, Missverständnisse oder handfeste Schuld besprochen und vergeben werden sollte."

Barbara erinnert sich. Nach Eva Krugs Tod ist Pfarrer Rahul unvermittelt in ihrer Praxis gestanden und wollte, dass sie ihm Antidepressiva verschreibt, weil er die Einsamkeit nicht mehr ausgehalten und die Liebe zu Gott gerade nur bedingt seine verdunkelte Seele aufgehellt hat. „Ich seh die Welt nur noch grau in grau. Wie eine ewige Schwarz-Weiß-Film", hat er damals zu ihr gesagt. Weit entfernt vom bunten Bollywood. Und dann ist plötzlich alles aus ihm herausgeplatzt: „Ich fühle mich wie spirituelle Importgut." Als hätte ihn die katholische Kirche einfach bei Amazon bestellt. „Am Anfang es war schlimm in Öd, niemand hat wegen die Sprache meine Predigt verstanden, die Leute sind aus die Sonntagsmesse gelaufen, obwohl sowieso schon keiner mehr hingeht, bis auf die Brenner Rudi, die Kirchenchor und die paar alte Weiber." Er hat gar nicht mehr aufgehört: „Ich komme aus Delhi, Schwester Babsi, eine Weltstadt mit 33 Millionen Einwohnern. 33 Millionen! Und was tun die Idioten von die Dekanat, die setzen mich in die Öd. Die Öd!!! Mit 999 Einwohner! Nicht jeder Inder stammt aus eine Bergdorf ohne Strom." Tränen liefen über sein Gesicht. „Babsi, in Indien kommen Freunde und Bekannte einfach vorbei, ohne groß Anmeldung. In Österreich brauchst du für alles und jede Scheiß eine Termin. In Indien regiert der Priester seine Kirchengemeinde wie eine König. In Österreich denkt jeder, du arbeitest nur an die Sonntag und hast Sex mit deine Haushälterin. Dabei ist es nicht anders als bei die Liesl. So wie die alle Postämter zusammenlegen, so legen sie auch die Kirchen zusammen. Ich hetze nur von eine Begräbnis zu die andere, von Taufe zu Taufe und Predigt zu Predigt. Aber am schlimmsten sind die Kartoffeln. Zu allem essen sie Kartoffeln. Immer nur Kartoffeln! Nie Reis!"

Barbara hat ihm dann – obwohl sie das sehr ungern tut – tatsächlich ein leichtes Antidepressivum verschrieben. Und ein paar Tage später ist sie unangemeldet bei ihm vor der Türe gestanden mit nach frischem Curry duftenden Chicken Tikka Masala. Seitdem redet er wieder mit Gott.

Mike schluchzt abermals auf vor Verzweiflung, was die trauernde Familie langsam in Rage versetzt. Niemand versteht das Drama hinter Mikes Drama. Ein Jammerschrei jagt den nächsten. Wenigstens weint heute mal die Kleenex-Susi nicht. Die ist überraschend still. Barbara sieht Mike bereits in Ohnmacht fallen. Dann müsste sie Erste Hilfe leisten. Oh Gott. Das fehlte noch, dass sie den Liebhaber ihres Ex-Mannes Mund zu Mund beatmen muss. Eher rollt sie den Besinnungslosen ins offene Grab und tritt den Eid des Hippokrates mit Füßen.

Pfarrer Rahul versucht, das Drama-Inferno zu übertönen: „So sterben wohl die allermeisten von uns unvollendet auf Gott zu. In diese Zusammenhang spricht die Glaube von die Fegefeuer. Die Glaube meint damit aber nicht eine echte Feuer und die damit verbundene Höllenqualen, wie sie unsere arme Bruder Adam erlitten hat ..."

Das war schon wirklich ein tragischer Tod, den der Möschl Adam erlitten hat, denkt sich Barbara. Man kann nur hoffen, dass er schon vorher durchs Kohlenmonoxid ohnmächtig geworden ist und gar nicht mehr mitbekommen hat, dass er verbrannt ist. Sie schämt sich gerade selber für ihre Gedanken. Gut, dass sie keiner hört. Aber insgeheim wünscht sie sich, dass

Mike auch eine klitzekleine, vorübergehende Kohlenmonoxid-Vergiftung abbekommt. Nur damit endlich Stille herrscht. Damit er zumindest für ein paar Minuten Ruhe gibt. Das ist ja nicht auszuhalten! Plötzlich hört sie sich selber schreien: „MIKE! HALTS MAUL!"

Augenblicklich zücken die Paparazzi ihre Fotoapparate. Völlig verdutzt schaut Mike sie an und ist augenblicklich still. Jetzt schauen auch alle anderen. Hat sie das jetzt wirklich getan? Scheint ganz der Fall zu sein.

Pfarrer Rahul spricht sanft lächelnd: „Herr, schließ unsere Schwester Barbara in deine Gebete ein."

„Amen!", sagen alle anderen laut und schwer erleichtert.

Barbara

Gebetet hat man schon einmal für Barbara. Es heißt ja, tragische Ereignisse schweißen die Menschen zusammen. So war es wohl auch mit ihr und Bernhard, damals, vor knapp 20 Jahren. Es war ihr erstes Date. Sie kannten sich von der Uni. Beide studierten Medizin in Innsbruck. Bernhard erschien Barbara unglaublich schüchtern. Ein sportlicher, drahtiger Typ, der sich nicht von Testosteron gesteuert wichtig machte wie all die anderen Kerle. Sie fand ihn ziemlich attraktiv. Barbara musste den ersten Schritt setzen. Sie verabredeten sich.

Bernhard schlug vor, eine gemeinsame Skitour ins Kühtai zu unternehmen. Ihr Ziel war der 2820 Meter hohe Gaißkogel. In der Nacht zuvor hatte es noch geregnet, aber am frühen Morgen schien ganz prächtig die Sonne und die zwei brachen gut gelaunt auf. Auf 1200 Meter Höhe küssten sie sich das erste Mal. Auf 2200 Metern brach die Lawine los und begrub Barbara unter sich. Es ging so schnell, dass ihr in ihrer Erinnerung gerade noch genug Zeit blieb, um ein letztes Mal tief Luft zu holen. Wie eine Apnoe-Taucherin. Dann war sie weg. Ohne Bernhard hätte sie nicht überlebt. Er hatte sie mit bloßen Händen ausgegraben. Bis zur Erschöpfung. Barbaras Beine waren komplett verdreht und gebrochen und sie musste monatelang im Krankenhaus liegen. Bernhard saß jeden Tag an ihrem Bett. So was schweißt zusammen.

Wer weiß, was aus diesem Kuss geworden wäre, wenn sich dieses eine Schneebrett nicht gelöst hätte. Vielleicht wären sie danach einfach wieder auseinandergegangen und sich auf der Uni nur hin und wieder über den Weg gelaufen und hätten dann nur kurz mit den Köpfen genickt. Aber so waren sie wie durch ein unsichtbares Band aneinandergebunden. Barbara verdankt Bernhard ihr Leben.

Jetzt weiß sie, dass das der Grund dafür war, warum sie ihn geheiratet hat. Dass sie deshalb mit ihm in seinen Heimatort gezogen ist und eine gemeinsame Praxis eröffnet hat. Und dass sie viel zu oft die Augen verschlossen hat, um nicht zu sehen, was längst absehbar war. Sie stand in seiner Schuld. Und Bernhard war lange Zeit dankbar für ihr Schweigen. Bis er Mike wiedertraf und seine wahren Gefühle nicht mehr unterdrücken konnte.

Seltsam, denkt Barbara manchmal, wie einem das Schicksal doch mitspielen kann. Ohne dieses tragische Ereignis wäre ihr Leben wohl komplett anders verlaufen, und doch möchte sie jetzt an keinem anderen Ort leben als in diesem verschlafenen kleinen Ort, der seinem Namen täglich gerecht wird. Ja, sie liebt all diese verschrobenen, seltsamen Menschen mit ihren komischen Geschichten. Und ganz besonders liebt sie ihre Freundin Liesl, die eigenwilligste und sturste Person von ganz Öd, Oberöd und Unteröd. Ja, Barbara liebt ihr Leben. Mit der Lawine hat sie längst Frieden geschlossen, mit ihrem Ex-Mann noch nicht wirklich. Dafür sitzt der Schmerz noch zu tief. Sie arbeitet daran. Aber bevor sie ihm verzeihen kann, muss sie wohl erst sich selber verzeihen.

Nur eine einzige Nacht

Die Gartenparty ist in vollem Gange. Liesl geht Johns Lied einfach nicht aus dem Kopf. Ein echter Ohrwurm. Und so passend. Quasi für jede Gelegenheit. Egal, ob man es auf einem Geburtstag singt oder auf einem Begräbnis. Völlig egal, es treibt dir die Tränen in die Augen. Es ist ein bissel wie bei *Winnetou 3*. Wer da nicht geweint hat, hat kein Herz. Und schon wieder muss Liesl an ihre Eltern denken. In letzter Zeit denkt sie wirklich viel an sie. Sie muss mal wieder frische Blumen aufs Grab legen.

Ich weiß, wir sehen uns wieder.
Und dann singen wir die Lieder,
die Lieder unserer Zeit ...

Erst jetzt bemerkt Liesl den alten Adam, wie er auf den Stufen sitzt, die zu seinem Burgturm führen, oder was auch immer da oben ist. Sofort hält sie inne mit ihrem Gesang.

„Oh. Entschuldigung, ich habe nicht gewusst, dass Sie ..."

„Du hast Talent, Liesl. Wirklich wahr. Wenn ich noch ein paar Jahre jünger wäre, würde ich aus dir einen Star machen." Aus seinem Lachen hört sie Bitterkeit heraus. „‚Sie ist die Christel von der Post.' Carl Zeller. *Der Vogelhändler*."

„Sie sind nicht der Erste, der das sagt. Aber ich heiß Liesl und nicht Christel, Herr Möschl."

Er ignoriert einfach ihren Einwand: „Adam. Sag einfach Adam. Ich glaube, ich hab sogar noch eine alte Schallplatte davon. Komm mit, ich schenk sie dir." Und schon rafft er sich ächzend auf und deutet ihr, ihm nach oben zu folgen.

Liesl ist das nicht geheuer: „Ich sollte eigentlich was arbeiten."

Resolut dreht er sich zu ihr um. Da merkt man schon, warum er der ist, der er ist. Jemand wie der Adam Möschl duldet keinen Widerspruch: „Das ist mein Festl. Das ist mein Abschied. Die Totengräber da draußen haben eh schon genug auf meine Kosten g'soffen. Komm, ich tu dir schon nix."

Sie wagt es nicht, ihm zu widersprechen, obwohl sie doch eigentlich über ein gesundes Selbstbewusstsein verfügt. Adam lässt ihr den Vortritt. Liesl ist nicht blöd. Sie weiß schon, warum. Beide merken nicht, dass Dietlinde in der Terrassentüre steht und sie beobachtet. Auf dem Weg nach oben singt Adam aus dem *Vogelhändler*. Liesl spürt seine Blicke auf ihrem Hintern ...

Die Okroatzer Buam haben erneut die Bühne erklommen und animieren die Gäste zum Mitsingen und Mitklatschen von Adams – in Österreich – weltberühmtem Hit.

Schatzerl, ich zeig dir mein Spatzerl,
das sitzt in an Käfig
und du kriegst den Schlüüüssel dazu!
Schatzerl, i weiß, dein Katzerl,
das hätt' mein Spatzerl
zum Fressen gern !
Hoi, Hoi, Hoi!

Barbara, Magnus und Susi stehen etwas abseits mit John zusammen. Susi hängt an seinen Lippen, als wäre er der Leibhaftige: „Mein Vater hat ja über 30 Jahre lang sein Musi-Paradies moderiert." Magnus hat keinen Schimmer, wovon John überhaupt redet. John ist trotzdem freundlich und fängt die Verlegenheit auf: „Im Zweiten. Samstag 20 Uhr 15."

Barbara summt die Titelmelodie, um Magnus auf die Sprünge zu helfen. Dummerweise ist es die falsche.

„Das ist das *Schlageruniversum* mit Harry W. Trenkwalder", gibt ihr John grinsend zu verstehen. Er dürfte das eher gelassen nehmen. Barbara ist es trotzdem peinlich.

Susi sieht ihre Chance gekommen und summt angestrengt die richtige Titelmelodie. John lächelt sie erfreut an. Gleich drauf stimmt Barbara mit ein, um ihren Fauxpas wettzumachen. Schließlich summen alle drei. Susi zerfließt förmlich. Vor ein paar Stunden hätte sie es sich nicht träumen lassen, John F. Möschl jemals so nah zu sein. Und jetzt singen sie sogar miteinander. Naja, zumindest summen sie zusammen. Aber da fängt John tatsächlich an zu singen, bis schließlich alle Anwesenden mit einstimmen. Das gesamte volkstümliche Schlager-Karussell, der Nah-&-Frisch-Walter, die Basta-Roswitha, Pfarrer Rahul, der schöne Mike, der Herr Doktor (wenn auch eher widerwillig), Nadine und selbst ihre Mutter Rita. Alle singen lautstark die Adam-Möschl-Hymne. Es ist herzzerreißend.

Und wer ist nicht da? Der Möschl Adam und die Liesl von der Post. Und die Dietlinde steht mit verschränkten Armen auf der Terrasse mit einem versteinerten Gesicht, als wäre sie eine verwitterte Kleopatra-Skulptur.

Ich sing für euch alle dieses Lied,
das Lied von einer besseren Welt.
Wo der Mensch nur das Gute sieht
und ein jeder jeden selbstlos liebt.

Drum singt mit mir die schöne Melodie
von einer Welt voll Hoffnung und Musik.
Dies Paradies lebt in meiner Fantasie,
wo nicht das Böse (wieder einmal) siegt.

Ja, das ist Adams Musi-Paradies,
wo Melodien unsere Herzen öffnen.
Ja, das ist Adams Musi-Paradies,
wo die Menschen wieder hoffen.
Lass dich verführen von Adams Musi, im Schlagerparadies.

Dann tost Applaus auf, der schlagartig wieder endet, als hätte ein Regisseur „Danke!“ gerufen. Echte Profis eben. Nur Barbara und Susi wirken noch immer beseelt. Magnus reißt das neue Schlagerduo unsensibel aus der Verzückung: „Sorry, ich höre eher andere Sachen. Bob Dylan, Rolling Stones und so. Die haben allerdings keine Sendung im Fernsehen. Aber ich werde es mir unbedingt ansehen, in nächster Zeit. Wann, sagten Sie?“

„Im Zweiten. Samstag, 20 Uhr 15“, wiederholt John gelassen.

„Toll“, antwortet Magnus. Niemand glaubt ihm.

John löst die leicht angespannte Stimmung: „Hey Susi, möchtest du vielleicht, dass ich dir Angela Schön vorstelle?“

„Ja, klar. Liebend gern.“

Kaum sind die beiden verschwunden, zischt Barbara Magnus auch schon an: „Gratuliere. Wirklich charmant.“

„Sorry, aber ich finde die Musik echt scheiße. Du etwa nicht?“

„Nein.“

„Nein? Sag jetzt nicht, du hörst so was freiwillig?“

Gerade wie sie ihm antworten will, sieht sie Liesl mit einem Tablett voller Witwenmacher aus dem Haus kommen. Irgendwas ist anders. Irgendwas irritiert Barbara. Hatte Liesl nicht noch kurz zuvor die Haare zu einem Pferdeschwanz zusammengebunden? Komisch. Ihre Freundin wirkt, als wäre sie durch den Wind. Gleich drauf taucht das alte Geburtstagskind in der Terrassentüre auf. Ein bisschen zu selbstgefällig, kommt Barbara vor. Noch mehr als sonst. Jetzt kommt auch noch seine Frau, die Dietlinde, daher und macht ihm unauffällig eine Szene. Denen ist auch nicht fad. Magnus reißt Barbara aus ihren Gedanken: „Alles okay?“

„Ja. Alles okay.“

„Du nimmst mir das jetzt aber nicht übel, oder?“

„Was?“

„Dass ich einen anderen Musikgeschmack habe als du.“

„Nein, nein. Überhaupt nicht."
„Wirklich? Es ist kein Problem für dich?"
„Nein, es ist kein Problem für mich."

Der fliegende Vogelhändler

Das alte Hymer Wohnmobil steht auf der kleinen, leicht abschüssigen Wiese oberhalb der Schottergrube, da, wo der verrostete Schranken nie abgesperrt ist und es gleich mal 20 Meter weiter steil bergab geht. Sehr beliebt bei jungen, hormongesteuerten Leuten, die zwar Liegesitze, aber keine eigene Wohnung haben. Magnus steht unten in der Grube und blickt hinauf zum Plateau. Er sieht den Rauch, der aus der vergilbten Dachluke des alten Wohnmobils aufsteigt. Man könnte fast glauben, es würde ein neuer Papst gewählt, wenn nicht die Flammen wären, die die großen Seitenscheiben zum Bersten bringen. Trotz des schrillen Operettengesangs, der blechern und dumpf aus dem Innern des Wohnmobils zu ihm hinuntergetragen wird, glaubt er, das zähe Quietschen der Bremsen zu hören, die unter der Hitze des Feuers ächzend nachgeben. Das träge und schwere Gefährt kommt langsam ins Rollen. Es wirkt, als hinge es an einem schweren Betonklotz, der es hinab in die Tiefe ziehen will. Das alte Fahrzeug nähert sich unaufhaltsam dem bedrohlichen Abhang. Die Motorhaube ragt bereits über die Kante, jetzt poltern die Vorderräder drüber hinaus, eine Sekunde später setzt das Gefährt krachend mit der Bodenplatte auf. Die Vorderräder hängen in der Luft. Magnus kommt vor, als würde er Rudolf Schock aus riesigen Boxen hören, die überall in der Schottergrube aufgestellt sind. Der gesamte Steinbruch erscheint ihm wie ein großes Operettentheater, wobei der Sturz des Wohnmobils den Höhepunkt der Aufführung bildet.

Der Vogelfänger bin ich ja,
Stets lustig, heissa, hopsassa!
Ich Vogelfänger bin bekannt
Bei alt und jung im ganzen Land.

Ein Netz für Mädchen möchte ich,
Ich fing sie dutzendweis für mich!
Dann sperrte ich sie bei mir ein
Und alle Mädchen wären mein.

Das brennende Gefährt kippt quietschend und träge vornüber, die Schnauze senkt sich bedrohlich in Richtung Abgrund. Magnus glaubt, Schreie aus dem Inneren zu hören, die sich mit dem Tenor des Vogelhändlers zu einem absurden Chor verbünden. Plötzlich macht es einen Ruck, die ganze Fuhre rutscht brutal nach vorn, fliegt senkrecht Richtung Abgrund und kracht dann mit voller Wucht in den harten Schotter. Für den Bruchteil einer Sekunde herrscht Stille, um dann von einer ohrenbetäubenden Explosion ignoriert zu werden.

Magnus steht vor dem ausgebrannten Fahrzeug. Ein paar Brandherde lodern noch. So muss es gewesen sein. So stellt er es sich jedenfalls vor. Ein Baggerfahrer hat ihn angerufen und er ist gleich hergefahren. Er geht ein paar Schritte auf das Wrack zu und lugt hinein. Seine schlimmste Vermutung bewahrheitet sich.

Barbara sitzt in ihrer Praxis hinterm Schreibtisch und stellt Liesl, die sich gerade wieder anzieht, ein Rezept aus. Liesl wirkt fahrig und aufgelöst. So kennt Barbara ihre Freundin gar nicht. Sie macht sich Sorgen: „Alles okay mit dir, Liesl?“

Die nickt nur stumm. Sie weiß nicht, wie sie ihrer Freundin sagen soll, was sie zuvor erlebt hat. Sie lenkt ihre Stimmung auf die Untersuchung: „Ja, ja. Langsam geb ich’s auf.“

„Man gibt bei der Post einen Brief auf, aber sonst nicht. Solltest du eigentlich wissen. Das muss alles nichts heißen. Ich verschreibe dir jetzt erstmal ein anderes Präparat und dann sehen wir weiter.“

Barbaras Handy klingelt. Sie blickt kurz aufs Display. Ihr ist gar nicht recht, dass Magnus in Liesls Anwesenheit anruft. So haben wohl gerade beide Freundinnen ihre Geheimnisse voreinander.

Barbara nimmt den Anruf entgegen und spricht mit ahnungslos förmlicher Stimme: „Dr. Barbara Gapp."

Magnus ist von ihrem Tonfall leicht irritiert: „Ähm, Magnus hier. Ich bräuchte deine Hilfe, kannst du herkommen? In der Schottergrube liegt eine verkohlte Leiche."

„Aha. Interessant. Ich habe gerade eine Patientin, versuche mich aber baldmöglichst freizumachen, Herr Inspektor", antwortet Frau Doktor Gapp und beendet das Telefonat.

Liesl verdreht die Augen: „Seit wann bin ich eine Patientin?"

„Schon mal was vom Arztgeheimnis gehört?"

„Ich bin die Liesl, deine beste Freundin. Frau Doktor versuchen, sich *baldmöglichst freizumachen*?"

„Das sagt man so."

„Wo, in Schönbrunn? Hab ich da irgendwas verpasst?"

„Du nervst! Zeitlich. Terminlich. Im übertragenen, nicht wörtlichen Sinn."

„Bist dir sicher?"

„Ja, bin ich!!! Liesl, es reicht."

„Was hat er denn wollen, der Herr *Inspektor*?"

„In der Schottergrube wurde eine Leiche gefunden. Zufrieden?"

„Eine Leiche? Das heißt, es wurde jemand ermordet?"

„Liesl! Eine Leiche ist nicht gleich ein Mordopfer."

„Aber ein Anfang. Ich komme mit."

Barbara tritt als Erste aus der Praxis und marschiert entschlossen auf Liesls Postkutsche zu. Sie weiß ja, dass Liesl immer selber fahren will. Was sie da sieht, überrascht sie allerdings: „Was ist denn mit deinem Auto passiert?" Die vordere Stoßstange ist voller Erde und Grasbüschel, hängt halb herunter und schleift auf dem Boden. Ein Scheinwerfer ist kaputt, die Reifen sind völlig verdreckt. Außerdem hat das Auto mächtig Schieflage. „Hast du einen Unfall gehabt?“

„Nein, wieso?“ Liesl tut so, als wäre nichts.

„Wieso? So in der Art hat die *Titanic* auch ausgesehen, nachdem sie mit dem Eisberg zusammengekracht ist.“

„Woher willst du das wissen? Warst du etwa dabei?“, antwortet Liesl trotzig.

„Ja, klar. Mit dem Leonardo. Der Idiot konnte leider nicht schwimmen. Jetzt mal im Ernst, Liesl, was ist mit deinem Auto passiert?“

„Ich hab mich verfahren.“

„Du hast dich verfahren? Du? Liesl, du kennst hier jeden Stein und jeden Weg. Du wohnst nicht in Öd. Du *bist* Öd.“

„Wie meinst du das jetzt? Willst du mich beleidigen?“

„Im geografischen Sinne, verdammt.“

„Ich hab mich verfahren, bin auf einem Acker gelandet und musste wieder umdrehen. Das ist alles.“

„Und das soll ich dir glauben?“

„Ja.“

„Bist du wieder über die Schanze gesprungen? Sei ehrlich!“

„Nein!“

„Sicher nicht?“

„Sicher nicht!“

„Du hast es mir versprochen. Du hast mir versprochen, dass du damit aufhörst.“

Liesl schweigt demonstrativ.

„Was ist los mit dir, Liesl?“

„Nix.“

„Du bist meine beste Freundin und ich bin deine beste Freundin. Du kannst mit mir über alles reden. Ich merk doch, dass was ist.“

„Es ist nix.“

„Na gut, dann eben nicht. Wir nehmen mein Auto.“

Magnus steht noch immer vor dem ausgebrannten Wrack, als Barbara und Liesl angerauscht kommen. Er verzieht genervt das Gesicht, als Liesl aus Barbaras Auto aussteigt. Barbara zuckt hilflos mit den Schultern. Liesl marschiert wortlos an Magnus vorbei zum ausgebrannten Wohnmobil.

„Was tut sie hier?“, zischelt Magnus Barbara an.

„Sie saß mir gegenüber, wie du angerufen hast. Was hätte ich tun sollen?“

Erst jetzt bemerken sie, dass Liesl vor dem Wrack steht und apathisch auf die Leiche starrt. Barbara weiß sofort, was das bedeutet.

Magnus weniger: „Was hat sie denn?“

„Sie kann keine Leichen sehen.“

Magnus kann nicht glauben, was er da hört: „Sie kann keine Leichen sehen? Sie? Ich dachte, sie WILL nichts anderes als Leichen sehen. Wer sieht denn ständig Morde, wo keine sind?“ Da kippt Liesl auch schon um wie ein angesägter Weihnachtsbaum.

Während Magnus versucht, sie aufzufangen, bleibt Barbara gelassen: „Der Kreislauf. Haben wir gleich. Seit ich es weiß, hab ich immer Traubenzucker dabei. Da, gib ihr das. Dann geht's ihr gleich wieder besser. Ich schau mir inzwischen die Leiche an.“

Magnus betrachtet den Traubenzucker. „Hm. Ich bin eigentlich ganz froh, wenn sie mal eine Ruh' gibt“, sagt er, aber dann reicht er Liesl doch eins von den Stücken.

Barbara betrachtet den verkohlten Leichnam: „Selbstmord?

„Willst du meine Theorie hören?“ Magnus deutet Richtung Plateau. „Wer auch immer der Tote sein mag, ich denke, er hat da oben geparkt. Illegal. Der Schranken ist ja nie abgesperrt.

Die alte Kiste hat in der Nacht unbemerkt Feuer gefangen, die Bremsen haben sich durch die Hitze gelöst und der Wagen ist über die Kante gerollt und explodiert.“

„Das heißt, es war ein Unfall!?“ Barbaras Augen folgen seinem Blick.

„Ja, sieht ganz danach aus, wenn auch ein sehr tragischer.“

„Blödsinn! Das war kein Unfall. Und auch kein Selbstmord. Das war Mord“, hören sie lautstark von hinten. Der Traubenzucker zeigt bereits Wirkung. Leider.

„Wie kommen Sie da jetzt wieder drauf?“ Magnus dreht sich zu Liesl und schüttelt entnervt den Kopf.

„Weil der Tote Adam Möschl ist.“

„Aha. Und woher weißt du das?“, fragt Barbara mindestens genauso entnervt wie Magnus.

„Weil ich ihn getroffen habe.“

„Wo?“, schießt es gleichzeitig aus Magnus’ und Barbaras Mund.

„Da oben“, deutet Liesl mit fester Überzeugung. „Und er war ziemlich lebenslustig. Naja, zumindest trinkfest.“

Kuckucksbaby

Drei Monate nach Adam Möschls 65. Geburtstag, zwei Tage nach der Episode mit dem Storch und fünf Tage vor seinem Tod fährt Liesl in ihrem Postauto nichtsahnend die Straße oberhalb der Schottergrube entlang. Sie hat das Fenster runtergekurbelt, den Arm lässig rausgelehnt, das Radio laut aufgedreht und singen tut sie auch noch lautstark, als würde sie sich gerade beim *Musi-Paradies* bewerben.

Mit dir gibt's koa Sünd'
und auch kein Bereu'n,
soll'n doch die andern einander verzeih'n.
Wir wollen leben, kräftig und wüd.
Mir wohnan in einem Luftschloss
solange es geht,
mir wohnan in einem Luftschloss,
bis die Liebe verweht.

Eigentlich ist sie am Weg zum Brenner Rudi. Ja, auch unfreundliche Menschen bekommen Post. Manchmal kann man sich das nicht aussuchen. Aber man kann sich zumindest über eine Ausrede freuen und sie dankend und erfreut annehmen. Dabei hat der Rudi schon auch ein Herz, nur nicht für Menschen. Seine Viecher nennt er zum Beispiel alle beim Namen. Das weiß sicher niemand. Aber einmal ist die Liesl auf seinen Hof gefahren und hat eine Unterschrift gebraucht. Ein Schreiben vom Gericht, weil er wieder wen verklagt hat. Aber er war nirgends zu finden. Und dann hat sie ihn hinten im Stall entdeckt, wie er liebevoll eine trächtige Kuh gestreichelt und ihr gut zugeredet hat. Da war er richtig zärtlich und liebevoll. Ins Ohr geflüstert hat er der Bridget. Warum er das Vieh Bridget Jones genannt hat, davon hat Liesl auch keine Ahnung. Vielleicht ist der Brenner Rudi ja ein heimlicher Fan von Renée Zellweger. Jedenfalls ist die Liesl dann ganz leise wieder aus dem Stall geschlichen, damit sich der Rudi keine Blöße geben muss. Seitdem sieht sie den Brenner mit anderen Augen. Das hat schon seinen Grund, warum er die Menschen weniger mag als die Viecher.

Aus dem Augenwinkel sieht sie, dass der verrostete alte Schranken zur oberen Schottergrube offen steht und auf dem kleinen Plateau ein altes Wohnmobil parkt. „Privatgrundstück – Betreten und Befahren verboten“. Das von Schrotkugeln durchlöcherte Blechschild ist eigentlich nicht zu übersehen. Liesl legt eine Vollbremsung hin. Nicht, weil sie den Sheriff raushängen lassen und irgendwelche verirrten Touristen z'sammscheißen will, so was liegt ihr nicht. Nein, es ist, weil sie vor dem Wohnmobil einen mickrigen Klapptisch stehen sieht und in dem Klappstuhl daneben hockt der einstmals so stolze Adam Möschl und schaut drein wie drei Häufchen Elend auf einmal. Sie haut den Rückwärtsgang rein, noch bevor die Fuhre überhaupt zum Stehen gekommen ist, was ihre alte Postkutsche mit einem markerschütternden Geräusch quittiert. Liesl setzt rasant zurück. Wer, so wie sie, gefühlte 200-mal am Tag wo rein und wieder raus fährt, weiß was er tut. Sie biegt in den Schotterweg ein, wirbelt einen Haufen Steine auf, passiert den Schranken und bleibt mit einem kraftvollen Bremser direkt vor dem alten Wohnmobil stehen. Adam blickt auf und grinst. Gerade in dem Moment wollte er sich einen Rotwein nachschenken.

„Die Liesl von der Post!“

„Der Adam vom Musi-Paradies!“ Liesl lächelt gelassen aus ihrem Auto raus. „Das ist aber eine Überraschung.“ Auf diesem Parkett fühlt sie sich sichtlich wohler als seinerzeit in Adams Reich. Auf der Straße ist sie die Chefin.

„Nix Paradies. Außig'worfen hat sie mich, die Schlange. Naja, ich kann's ihr nicht verdenken.“

„Wegen dem Storch?“

Adam stöhnt kurz auf und nimmt einen kräftigen Schluck vom Rotwein. Das ist wohl Antwort genug.

„Wenn es Ihnen ein Trost ist: Robert De Niro ist mit 79 noch mal Vater geworden, Al Pacino mit 83.“

„Ich weiß eh. Aber da gibt's einen kleinen Unterschied.“

„Der wäre?“

„Die haben alle ihre eigenen – wenn auch sehr jungen – Frauen geschwängert und nicht so wie ich ... irgendwen!“

Liesl versteht nicht, was er meint: „Irgendwen?“ Er muss doch wissen, wen er geschwängert hat. Oder waren es gleich so viele?

Adam druckst herum. „Ich hab keinen blassen Schimmer, wer jetzt wieder schwanger ist.“

„Wieso wieder? Das ist nicht der erste Storch in Ihrem Garten?“

Adam schüttelt den Kopf, als würde er sein gesamtes bisheriges Leben bedauern. „Aber diesmal, ich schwör's dir, ich hab keine Ahnung.“ Zur Bekräftigung seiner Worte nimmt er gleich noch einen Schluck vom guten Rotwein.

„Waren es so viele?“

Adam ringt mit sich und der Wahrheit, dann blickt er Liesl aus dem Augenwinkel an: „Wie still ist die Liesl von der Post?“

„Ganz still!“, antwortet sie und schnappt sich den zweiten Klappstuhl.

Adam seufzt, als würde er bei Pfarrer Rahul die Beichte ablegen. „Ich war das nicht! Ohne die blauen Pillen läuft bei mir gar nix mehr. Und die hab ich alle weggeschmissen. Auf Anraten deiner Freundin, der Frau Doktor. Wegen meinem Herz.“

„Aha. Und was sollte dann das ganze Brimborium vor drei Monaten bei Ihrem Geburtstag?“

Er blickt sie mit blutunterlaufenen Augen an. „Wenn du dein ganzes Leben lang ein Weiberer warst und dann auf einmal die Hos'n tot ist wie ein Pharao in einer Pyramide, da brauchst schon ein gesundes Ego, um drüberzustehen, das kannst mir glauben."

„Dann lässt man die Welt lieber glauben, dass man es noch immer kann ..."

„Den Triumph gönn ich der Linde nicht. Nicht einmal jetzt."

„Obwohl Sie genau wissen, dass Sie das gar nicht gewesen sein können!"

„Vorher verreck ich lieber in der scheiß Kist'n da, bevor ich das zugeb. Außerdem wollte ich eh nie in die Algarve. Soll die blöde Kuh ruhig glauben, dass der alte Stier es noch kann. Tut mir leid, wenn ich mich danebenbenommen hab."

In Liesl erwacht der detektivische Instinkt: „Vielleicht wollte sich ja wer an Ihnen rächen."

Adam blickt auf. Daran hat er noch gar nicht gedacht.

„Wenn Sie wollen, könnte ich mich ja mal ein bissel umhören."

„Das würdest du tun?"

„Ja. Ich könnte mich schon dazu überwinden. Haben Sie Feinde?"

Adam lacht laut auf. Unter Mühen quält er sich aus dem klapprigen Campingstuhl, verschwindet im Wohnmobil und murmelt dabei vor sich hin: „Glaub mir, gegen die Schlagerbranche ist die Politik ein Zuckerlgeschäft."

Liesl macht ein paar Schritte und blickt über die Kante in die Schottergrube. Da geht es schon ein paar Meter runter. Adam kommt mit einem zweiten Glas und einer vollen Flasche Rotwein in der Hand zurück und gesellt sich zu ihr. „Haben Sie da keine Angst mit der alten Kist'n, so nah am Abgrund?"

„Da kann nix passieren, ich hab Keile unter die Radln gesteckt." Der Alte deutet auf die Vorderräder.

„Hat so ein Haus wie Ihres keine Alarmanlage?"

„Schon, aber die geht ja nur los, wenn wer einbricht."

„Und was ist mit Kameras?"

„Die gibt's schon. Aber ich glaub, die Daten werden maximal 72 Stunden gespeichert. Dann löscht sich das Klumpert automatisch."

Liesl blickt auf ihre Uhr. „Und wie kommen wir da ran?"

„Die Linde hat eine App auf ihrem Handy. Ich kümmere mich nie um sowas. Daheim ist sie die Chefin."

Liesl seufzt. Keine leichte Aufgabe. Adam schenkt Liesl was vom Rotwein ein und reicht ihr das Glas. Liesl lehnt dankend ab: „Ich bin im Dienst."

„Bei der Post saufen doch alle."

„Die Post ist mir wurscht. Ich bin im Dienst der Gerechtigkeit und da heißt es, einen klaren Verstand zu bewahren."

„Das ist natürlich ein Argument", grinst Adam und leert Liesls Glas in einem Zug.

Die beiden ahnen nicht, dass sie aus dem Wald gegenüber durch ein Fernglas beobachtet werden. Die Jägerwirtin heißt nämlich nicht nur so, sie ist auch eine Jägerin. Eine teuflisch gute noch dazu.

Clear pregnant

Und wieder fährt sie die Allee mit den zu kurz geratenen Bäumen hinauf. Und wieder fährt sie durch das Tor. Wieder zieht sie ihre Spur durch den frisch geharkten Kies, wieder läuft sie die halbherzige Feinbetontreppe hinauf und wieder zieht sie an der Glocke und hört „Schatzl …“. Und wieder öffnet niemand die wetterfeste Plastiktüre.

Im Garten liegt der Holzstorch am Boden. Als wäre er tot. Als hätte ihn ein Jäger geschossen. Das arme unschuldige Viecherl, denkt sich Liesl. Eine Sekunde später fühlt sie sich genauso. Da steht nämlich die Linde auf der Terrasse und mault sie an, als hätte sie nur auf die Liesl gewartet. Ein Wunder, dass sie keine Schrotflinte im Arm hält.

„Dass du dich noch da hertraust, Liesl von der Post. Ich muss zugeben, ich hab ein bissel gebraucht. Aber dann war mir alles klar. Auf einmal hat alles zusammengepasst. Ich hab dich gesehen, du Luder, in der Praxis deiner Freundin. Ihr steckt alle unter einer Decke!“

Einen Moment lang fragt sich Liesl, wovon die Linde redet, aber dann fällt es ihr wieder ein. Es gab da was. Ein paar Tage vor der tragischen Begegnung mit dem Storch und dem Adam und den vielen Glückwunschkarten.

Die Linde ist im Wartezimmer gesessen, wie die Liesl die Praxis betreten und der Barbara die Post gebracht hat. Die Sylvia, Barbaras Sprechstundenhilfe, ist hinter der Theke gesessen.

„Trari, trara, die Post ist da“, hat sie gesagt. Das sagt sie gern und oft. Auf dem Rücken von ihrem Hoodie steht’s auch drauf. Und weil sie gerade da war, hat sie sich gedacht, dass sie die Sylvia auch gleich was fragen kann. Etwas, das nicht jeder hören muss. Geht ja keinen was an. Also hat sie sich leicht über die Theke gebeugt und zur Sylvia gesagt: „Ah, wenn ich schon grad da bin. Ich bräuchte wieder einmal einen Test.“ Die Sylvia ist aufgestanden und hat einen geholt. In Öd gibt es ja keine eigene Apotheke. Da ist das kombiniert mit der Praxis.

Und jetzt, wo die Linde das erwähnt, erinnert sie sich wieder. Genau! Die ist da gesessen, im Warteraum. Ein paar Tage vor der Geschichte mit dem Storch im Garten. Da war die Welt noch in Ordnung. Und dann ist die Sylvia, die unsensible Funz'n, zurückgekommen und hat viel zu laut geredet. Mit ihrer blöden Sing-Sang-Stimme. Drei Oktaven zu freundlich und alles klingt, als wäre es aus einem Kinder-Musical. Daran erinnert sich die Liesl auch noch, weil ihr das unangenehm war und alle geschaut haben.

„Problem! Der Clear Pregnant ist leider aus. Da hab ich gestern den letzten verkauft. Darf's auch ein Fast 'n' Early sein? Das Resultat bleibt das gleiche."

Und da hat sie gequält gelächelt und gesagt: „Wurscht", dabei war es ihr überhaupt nicht wurscht. Im Gegenteil, es war ihr total unangenehm, weil jetzt alle gehört haben, dass sie vielleicht schwanger sein könnte. So was geht ja um wie ein Lauffeuer in Öd.

Und jetzt steht sie da, im Schlossgarten der Möschls und die Linde führt sich auf, als wäre sie die Kaiserin Elisabeth und die Liesl die Mätresse des Kaisers. Liesl sucht nach den rechten Worten und sucht und sucht und sucht. Vielleicht stammelt sie deshalb so hilflos daher, obwohl sie doch unschuldig ist und das alles nur ein Blödsinn und ein Missverständnis ist: „Was? Sie glauben ... Ich? Das ist doch absurd. Das ist doch vollkommener Blödsinn."

„Glaubst du, ich hab nicht gesehen, wie du und der Adam bei seinem Festl rauf ins Paradies geschlichen seids? Glaube mir, du bist nicht die Erste."

„Da war nix!"

„Ach so? Und warum trefft ihr euch dann heimlich in dem hinnigen Wohnmobil? Damit dein Fernfahrer nix merkt?"

„Woher ...?“ Liesl versteht jetzt gar nix mehr. Gestern hat sie den Adam Möschl auf dem kleinen Plateau mit seinem Wohnmobil getroffen und jetzt weiß es schon die Linde? Wie geht das? Außerdem ist doch sie die Ermittlerin. Sie ist hier, weil sie was rausfinden will. Sie will wissen, ob die Kameras was aufgezeichnet haben, und plötzlich steht sie da, als wäre sie die Täterin.

„Da am Land gibt's keine Geheimnisse. Das solltest du doch am besten wissen, Liesl von der Post.“

Jetzt stammelt sie schon wieder. Sie ärgert sich über sich selbst. Wieso hat diese arrogante Funz'n von Dietlinde Möschl so eine Macht über sie? Warum lässt sie sich von der so einschüchtern?

„Ich schwöre Ihnen ...“, versucht sie es trotzdem.

„Du schwörst? Auf was? Auf die Bibel? Oder aufs Telefonbuch? Oder bist du deshalb hier?“

Noch bevor sie alles erklären kann, zieht die Linde auch schon ihr Handy aus der Tasche und hält es ihr hin wie einen Haftbefehl: „Da, schau!“

Und was die Liesl jetzt da in dem Video auf Lindes Handy sieht, versteht sie überhaupt nicht mehr: Das ist sie, das schaut jedenfalls genauso aus wie sie. Das ist ihr gelber Kapuzen-Hoodie, mit dem *Trari-Trara*-Logo hinten drauf, der da durch die dunkle Nacht schleicht und einen Klapperstorch aus Holz über der Schulter trägt wie Jesus Christus sein Kreuz am Weg nach Golgata. Und genau so fühlt sie sich jetzt auch gerade. Nur, dass nicht Ostern ist. Und jetzt rammt die Liesl im Video auch noch den Klapperstorch in den Boden.

„Leugnest du immer noch?“

„Das bin nicht ich!“

„Naja, so viele Liesln von der Post haben wir hier nicht.“ Plötzlich ist nur noch Abscheu in Lindes Stimme: „Werd glücklich mit ihm.“

„Ich bin nicht schwanger."

„Ach so? Dann bist also nur auf sein Geld aus. Vielleicht sattelst um, von Briefträgerin auf Altenpflegerin. Und jetzt verschwind, aber schnell!"

So mies hat sich die Liesl lange nicht mehr gefühlt. Gerade wie sie in ihr Auto steigen will, kommen John und Nadine die Allee hinaufgefahren und bleiben direkt beim Trevi-Brunnen stehen mit ihrem fetten SUV. Liesls verbeultes altes Postauto schaut dagegen genauso aus, wie sich Liesl gerade fühlt. Einfach nur scheiße und wertlos. Jetzt taucht auch noch die Linde oben in der wetterfesten reinweißen Haustüre auf. Und alle schauen die Liesl an, als wäre sie schuldig, schuldig und nochmals schuldig.

Kein Wunder, dass sie in all ihrer Wut und ihrem Schmerz und ihrer grenzenlosen Enttäuschung Gas gibt. Sie ist nicht schwanger, aber sie wäre es gern. Und wenn sie es wäre, dann von ihrem Didi und nicht vom Adam Möschl. Wie die überhaupt so was denken können. Sie dreht den Motor in den roten Bereich. Tränen rinnen ihr über die Wange und sie wischt sie mit dem Handrücken weg.

Aber wenn sie jetzt schwanger wäre, dann würden alle denken, dass der Möschl der Vater ist und nicht der Didi, obwohl das ein kompletter Blödsinn ist. Sie ist jetzt schon auf einem knappen 80er und das bereits in der Mitte der lang gezogenen Kurve. Aber das ist ihr heute egal. Im Gegenteil. Es ist ihr sogar recht. Das Ganze kommt ihr gerade so vor wie die blöde Geschichte von der Barbara. Was denn nun zuerst da war, die Affäre oder die Ehe. Die Liesl weiß nur eins: Es gibt nur den Didi und die Liesl, auch wenn alle anderen was anderes behaupten. Und sie wird es ihnen beweisen. Sie wird ihnen allen beweisen, dass das alles nur Lügen und Gerüchte sind. Genau, das wird sie.

Sie tritt das Gaspedal voll durch. Und da kommt auch schon die Kuppe, gerade in dem Moment, in dem sie sich wieder mit dem Handrücken die Tränen wegwischen will. Oh Gott. Verdammt. Es verschlägt ihr das Lenkrad mit einer Wucht und sie kann gerade noch hingreifen, aber zu spät, die Fuhre hebt schief ab und sie fliegt und fliegt und fliegt. Aber diesmal nicht bis zum Ortseingangsschild, nein, sie steuert die alte Kiste über den Straßengraben wie einen Flieger bei einer Notlandung. Die morsche Postkutsche landet am Acker vom Brenner Rudi und wühlt sich mit ihrer Nase durch die frisch gefurchte Erde, bis sie irgendwann zum Stehen kommt. Das jetzt auch noch. Die Liesl mag gar nicht aussteigen. Am liebsten würde sie da jetzt einfach sitzen bleiben und warten, dass ihr Leben vergeht. Und wenn es vorbei ist, dann steigt sie aus und fängt ein neues an. Aber das spielt es leider nicht. Das weiß sie auch. Außerdem hat sie in einer Viertelstunde einen Termin in der Praxis ihrer Freundin Barbara. Aber wenn sie nicht so ein gewissenhafter Mensch wäre, dann würde sie jetzt am liebsten sterben. Das ist gewiss.

Lauter Lügen

Die ganze Wahrheit hat sie Magnus und Barbara nicht erzählt. Nur was ihr erzählenswert erschienen ist. Vielleicht weil sie sich schämt. Kann schon sein. Vielleicht auch weil sie glaubt, dass sie ihr nicht glauben könnten oder zumindest an ihr zweifeln. Schon klar, Barbara ist Liesls beste Freundin. Aber auch die Barbara hält Liesls Mordverdächtigungen immer wieder für ausgemachten Blödsinn. Wenn sie ihr jetzt also erzählt, dass es ein Video gibt, auf dem sie zu sehen ist, wie sie gerade einen klapprigen Klapperstorch ins Grün von den Möschls rammt, was passiert dann? Glaubt Barbara ihr, dass sie es nicht war? Noch dazu, wenn der fesche Herr Postenkommandant neben ihr steht? Die beiden verstehen sich auffallend gut, seit dem 65er vom Möschl. Und wenn keiner dabei ist, dann duzen sie sich auch. Nur wenn andere Leute da sind, siezen sie sich. Sie versuchen es zumindest. Die Liesl ist nicht blöd. Und warum erzählt ihr Barbara nichts davon, wenn sie doch ihre beste Freundin ist, wie sie es immer wieder gern betont. Wenn die Barbara ein Geheimnis hat, dann darf die Liesl auch eines haben. Basta, wie die Roswitha jetzt sagen würde.

Sie hat den beiden nur erzählt, dass sie den alten Möschl zufällig getroffen hat und er ihr Stein und Bein und was sonst noch alles geschworen hat, dass er mit niemandem auch nur irgendein Kind gezeugt hat, weil ihm die Frau Doktor die blauen Pillen verboten hat und er ohne Pillen an keinem Mast mehr eine Flagge hissen könnte, was die Barbara auch bestätigt hat. Und dass es zu einem Eklat gekommen ist, zwischen der Linde und der Liesl. Aber von dem Video und den Überwachungskameras hat sie ihnen nichts gesagt. Liesl muss es für sich noch einmal in Gedanken wiederholen, vielleicht weil sie hofft, dass sie sich dann nicht so schlecht dabei vorkommt. Das Gegenteil ist allerdings der Fall. Durchs Wiederholen wird es nicht besser, eher schlechter. Und jetzt steht sie da, oben am Plateau, wo noch vor ein paar Tagen das alte Wohnmobil stand, um mit dem Herrn Postenkommandanten die zwei Keile zu suchen, die der Möschl vor seine Räder gesteckt hat, damit nix in die falsche Richtung rollt.

„Und Sie haben die Keile mit eigenen Augen gesehen?“, versichert sich Magnus noch einmal, obwohl sie es ihm eh schon dreimal gesagt hat.

„Hundertausendprozentig. Das war kein Unfall. Entweder hat er sich vorsätzlich umgebracht oder jemand wollte, dass die Kiste da vorne in den Abgrund kippt.“

„Und wo sind die Keile jetzt?“ Magnus lässt nicht locker.

„Wahrscheinlich mit dem Wohnmobil und dem Möschl gemeinsam verbrannt.“

„Wenn die Theorie der Frau Kollegin stimmt, dann würde das ja bedeuten, dass der Mörder die Keile in der Nacht unter den Rädern weggezogen und fein säuberlich im Wageninnern verstaut haben muss.“

Hm, denkt Liesl, da ist was dran. Das wirkt schon ein wenig komisch. Es sei denn, der Mörder ist extrem pedantisch und ordnungsliebend.

„Warum hat er sie nicht einfach weggeworfen?“, fragt Magnus weiter.

„Vielleicht wollte er keine Spuren hinterlassen“, kontert Liesl gekonnt und fühlt sich wie Miss Marple.

„Indem er keine hinterlassen hat, hat er auch welche hinterlassen. Zumindest in dem Fall“, wirft Magnus gelassen ein und macht Liesl kurz mal rat- und sprachlos.

Da ist was dran, denkt Liesl wieder. So blöd ist der Herr Postenkommandant gar nicht.

„Vielleicht hat sie der Mörder mitgenommen“, antwortet Liesl und wirft den Ermittlerball zurück zu Magnus.

„Oder der Möschl wollte sterben und hat es selber getan.“

Das ist jetzt mal ein blödes Argument, denkt Liesl und bringt den Unsinn auf den Punkt: „Sie meinen, der Möschl hat den Möschl ermordet?"

„Wenn Ihnen die Formulierung lieber ist, Frau von Post, kann man das so sagen. Dann haben Sie ja Ihren Mörder. Allerdings ist damit immer noch nicht geklärt, wer den Möschls den Storch in den Garten gestellt hat. Leute wie die müssen doch Überwachungskameras haben."

Verdammt, genau diese Frage hat sie befürchtet. Für jeden kommt einmal der Moment der Wahrheit, denkt Liesl, und dann heißt es lügen, lügen, lügen: „Ich habe ihn gefragt."

„Und was hat er gesagt?", will der Herr Inspektor natürlich wissen.

„Dass man so was in Öd nicht braucht. Da gibt es keine Einbrecher. In Öd ist die Welt noch in Ordnung."

„Da hat er sich wohl getäuscht, der Möschl."

„Sehen Sie, Herr Postenkommandant, da sind wir zwei uns endlich einmal einig. Genau das hab ich ihm auch gesagt."

Liesl grinst ihn frech an. Er scheint ihr zu glauben. Noch einmal davongekommen. Allerdings fixiert er sie eine Spur zu lang.

„Was ist, gehen wir wieder runter? Barbara, ähm, die Frau Doktor wartet unten." Jetzt hat er sich verplappert, grinst Liesl in sich hinein.

„Klar", antwortet Liesl und winkt ihrer Freundin zu, da unten vorm ausgebrannten Wrack.

„Und nach dem Eklat mit der Linde bist du direkt zu mir in die Praxis gefahren?" Barbara blickt ihre Freundin skeptisch an.

„Ja."

„Deshalb warst du so durch den Wind."

Liesl nickt.

„Und das kaputte Auto?"

Langsam wird es Liesl zu viel: „Was wird das hier, ein Verhör?"

„Liesl, wir machen uns einfach Sorgen." Barbara wechselt mit Magnus einen Blick.

„Ihr?" Liesl schaut zwischen den beiden hin und her. „Was wird das hier?"

„Wir wollen dir nur helfen."

„Barbara, es ist alles okay. Ich bin nicht krank."

„Ich merk doch, dass es dir nicht gut geht."

Magnus versucht das Thema zu wechseln: „Jemand muss es der Dietlinde Möschl sagen." Dabei deutet er mit dem Kopf in Richtung Wrack.

„Ist das nicht Ihre Aufgabe, Herr Postenkommandant?" Dafür fühlt sich Liesl wahrlich nicht zuständig.

Ein Motorengeräusch reißt sie aus dem Gespräch. Zwei Fahrzeuge kommen quer über den Schotterplatz auf sie zugefahren. Eines davon ist ein Elektroauto.

„Ist das dein Ex-Mann?" Liesl blickt verwundert zu Barbara.

„Was will der hier?" Barbara ist genauso überrascht.

„Ist das ein Leichenwagen dahinter?"

„Sieht ganz so aus."

„Woher wissen die das?", fragt sich Magnus, der selber erst vor einer Stunde von dem Unglück erfahren hat. Die beiden Autos bleiben vor seinem Dienstwagen stehen. Staub wirbelt auf. Bernhard steigt aus, er ist nicht erfreut, Barbara und Liesl zu sehen. Den beiden geht es vice versa genauso.

„Grüß Sie, Herr Inspektor", fasst Bernhard sich kurz. Für Liesl und Barbara hat er nur ein Kopfnicken übrig. „Ich habe einen Anruf bekommen. Ich soll eine Obduktion vornehmen."

„Du?" Barbara kann nicht glauben was sie da hört.

„Ja, ich, Frau Kollegin."

„Frau Kollegin? Nur weil Sie drei Jahre keinen Sex mit mir hatten, müssen Sie mich nicht gleich mit Frau Kollegin ansprechen, Herr Doktor Gapp."

„Du hast damit angefangen. Nicht ich“, kontert Bernhard, ohne eine Miene zu verziehen.

„Dafür haben Sie mit vielem anderen angefangen, HERR Doktor Gapp!!“

Magnus fährt dazwischen: „Ich würde vorschlagen, wir bleiben sachlich.“ Er wendet sich an Bernhard: „Darf ich fragen, wer Sie angerufen hat?“

„Die Landespolizeidirektion.“

„Aha. Woher wissen die das so schnell? Ich weiß es ja selber erst seit zwei Stunden.“

„Das kann ich Ihnen auch nicht sagen. Ich habe jedenfalls einen offiziellen Auftrag erhalten, die Leiche zu obduzieren.“ Bernhard hält kurz ein Schreiben hoch.

Magnus blickt verwundert zu Liesl und Barbara. Beide zucken nur ratlos mit den Schultern. Da kommt auch schon das nächste Auto Staub aufwirbelnd daher. Liesl schwant Böses: Es ist der fette SUV der Möschls.

„Das wird ja immer besser. Woher wissen die das alle?“

Gleich darauf steigen John, Nadine und Linde aus dem perlmuttweißen Range Rover. Linde marschiert entschlossen auf das ausgebrannte Wrack zu.

Magnus versucht sie aufzuhalten: „Frau Möschl! Nein!“

„Ich will zu meinem Mann.“

„Ich muss Sie warnen. Das ist kein schöner Anblick.“

Aber Linde lässt sich nicht aufhalten. Sie erstarrt, als sie den verkohlten Leichnam erblickt. Einen Moment lang scheint die Welt stillzustehen. Nach einer gefühllosen Ewigkeit dreht sich Linde zu Liesl. Schmerz und Verlust lassen sich in den längst eingefroren Zügen nur noch erahnen. „Komm mir nie wieder unter die Augen, Liesl. Nie wieder.“

John öffnet seiner Mutter die Beifahrertüre und so schnell wie sie gekommen sind, so schnell sind sie wieder verschwunden. Was bleibt sind Staub, Asche und eine Menge Fragen.

„Was ist an dem Abend auf der Party passiert, Liesl? Wieso warst du auf einmal so durch den Wind?“, will Barbara wissen.

„War ich das?“ Liesl weiß ganz genau, wovon ihre Freundin spricht.

„Ja, du bist ins Märchenschloss gegangen, um dein Tablett aufzufüllen, und wie du wieder zurückgekommen bist, warst du eine andere. Was ist da drin passiert?“

Nix ist passiert, gar nix

„Du hast Talent, Liesl. Wirklich wahr. Wenn ich noch ein paar Jahre jünger wäre, würde ich aus dir einen Star machen. ‚Sie ist die Christel von der Post.‘ Carl Zeller. *Der Vogelhändler*.“

„Sie sind nicht der Erste, der das sagt. Aber ich heiß Liesl und nicht Christel, Herr Möschl.“

„Adam. Sag einfach Adam. Ich glaube, ich hab sogar noch eine alte Schallplatte davon. Komm mit, ich schenk sie dir.“

„Ich sollte eigentlich was arbeiten.“

„Das ist mein Festl. Das ist mein Abschied. Die Totengräber da draußen haben eh schon genug auf meine Kosten g'soffen. Komm, ich tu dir schon, nix.“ Adam lässt ihr den Vortritt. Liesl ist nicht blöd. Sie weiß schon, warum. Auf dem Weg nach oben singt Adam aus dem *Vogelhändler*. Liesl spürt seine Blicke auf ihrem Hintern.

Wie beim Vogel geht's auch beim Mädel stets.
Woll'n sie euch sekieren, nur gleich fest dressieren.
Ich hab noch eine jede g'richt,
nur eine Einzige nicht –
eine nicht! Die Christel.

Unfassbar, denkt sich Liesl, heutzutage würde einer für so einen frauenfeindlichen Schas einen Shitstorm abbekommen, der sich gewaschen hätte. Die beiden betreten Adams persönlichen Wohnbereich.

„Voilà, Adams Paradies“, grinst Adam und schließt hinter Liesl die Türe. Sie bemerkt das sehr genau, aber sie hat ja das Tablett in der Hand. Wenn er ihr blöd kommt, brät sie ihm damit einfach eins über.

„Weißt eh, worum es in der Operette geht?“, fragt er, nur damit er es ihr erklären kann.

„So halbwegs."

„Der Vogelhändler Adam und die Christel von der Post verlieben sich ineinander. Na, wenn das kein Omen ist."

„Nur, dass ich Liesl heiße und nicht Christel und mir Omen herzallerliebst wurscht sind", antwortet Liesl trotzig.

Adam grinst nur ignorant und geht auf seine Plattensammlung zu. „Haben wir gleich."

Die Wände und Regale sind voll mit goldenen Schallplatten, Musikpreisen, Urkunden, echten Schallplatten und schlechten erotischen Ölbildern. In einer Nische steht eine Bar mit Cognac, Weinbrand und anderen Altherrengetränken. Der Raum ist genauso geschmacklos und überbordend eingerichtet wie der Rest vom Albtraumschloss. Liesl blickt sich neugierig um. An der Wand steht eine Récamiere. Sieht so aus, als würde er dort regelmäßig schlafen. Wahrscheinlich hat Dietlinde ihn längst aus dem gemeinsamen Schlafzimmer verbannt.

Adam ahnt, was Liesl denkt: „Ich schnarch so laut, das will ich niemandem antun." Beide wissen, dass das nicht der wahre Grund ist. Er summt vor sich hin, während er weitersucht.

Liesl hat das Gefühl, dass in allem, was er sagt, ein resignativer Ton mitschwingt. Was Schwermütiges. Etwas, das einem das Herz erweicht. Aber wer weiß, denkt sie sich, vielleicht ist ja genau das seine Masche. Es lässt sich schon noch erahnen, was die Frauen an ihm gefunden haben.

„‚*Schenkt man sich Rosen in Tirol.*' Da haben sie noch Lieder schreiben können. Nicht so einen Schmarrn, mit dem ich mein Geld verdien: *Komm Schatzl, ich zeig dir mein Spatzl.* Was soll ich tun? Dreimal Gold, einmal Platin. Das ‚Spatzl' hat mir die scheiß Villa hier finanziert."

„Ach so, ich hab gedacht, die haben Sie geschenkt bekommen."

„*Du*! Nicht *Sie*. Für meine Freunde und Freundinnen bin ich der Adam. Geschenkt bekommst du im Leben gar nix. Merk dir das. Auch wenn es so ausschaut. Dafür, dass ich das Scheißhäusl da nicht bezahlen hab müssen, hab ich jahrelang schön Wetter machen müssen. Du sparst dir zwar einen Haufen Geld, aber es kostet dich einen Haufen Nerven. Da ist sie ja!“ Seine Miene erhellt sich augenblicklich, als er die gesuchte Schallplatte herauszieht. Adam richtet sich mühevoll auf und reicht sie ihr. Liesl greift danach, aber Adam lässt sie nicht so los. Er fixiert Liesl und grinst: „Fürchtest dich vor mir?“

Liesl weicht seinem Blick keine Sekunde aus und grinst gelassen zurück. So leicht bringt er sie nicht aus der Fassung: „Die Post bringt allen was. Und wenn's auch nur eine Watschn ist.“

Adam muss lachen. Die Frau imponiert ihm. Dann lässt er die Platte abrupt los. „Mit Rudolf Schock und Renate Holm. Eine Rarität.“ Er greift ihr fast zärtlich ins Haar, Liesl zuckt kurz zurück. Es ist ihr unangenehm. Adam löst ihren Pferdeschwanz. „Du solltest deine Haare offen tragen, das steht dir.“

„Ich sollte dann echt mal wieder was arbeiten.“

„Geh, bleib doch noch.“ Ihr Blick wandert runter zu ihrem Handgelenk, das Adam mit seiner Hand umschlossen hält. „Nur ein paar Minuten. Es ist doch gerade so schön.“

Liesls Blick wandert weiter zum Tablett, das sie blöderweise drüben auf der Anrichte hat liegen lassen. Das würde jetzt einen schönen Klescher machen. Und der Geburtstag wäre auch gelaufen.

„Bitte!“, hört sie ihn sagen und es hat fast was Flehentliches. Bedrohlich klingt anders. Aber unangenehm ist es trotzdem.

„Ich sollte jetzt wirklich wieder runtergehen, Herr Möschl.“

Er löst seinen Griff: „Ja, wahrscheinlich hast du recht. Vergiss die Schallplatte nicht. Die ist eine Rarität. Genau wie ich.“ Jetzt hat er plötzlich wieder die Präpotenz in der Stimme, die sie von ihm kennt. Mit scharfer Bitterkeit gewürzt, kommt ihr vor.

„Danke Herr Möschl, aber ich hab keinen Plattenspieler.“

„Adam! Wie oft noch? Für dich bin ich der Adam.“

„Und für mich sind Sie der Herr Möschl." Liesl legt die Platte demonstrativ zurück und geht.

Unten am Treppenabsatz wird sie bereits von Nadine erwartet. Man könnte fast meinen, dass Dietlinde sie geschickt hat.

„Griaß di."

„Griaß di", antwortet Liesl mindestens genauso unterkühlt. In diesem Haus scheinen alle Frauen im Kühlschrank zu schlafen. Liesl hat Nadine schon früher nicht leiden können, wie sie noch gemeinsam zur Schule gegangen sind.

„Adam? Die Gäste warten", ruft Nadine in den ersten Stock hinauf.

„Ich bin's gleich", hören sie ihn antworten.

Mit einem abschätzigen „Musst du nix arbeiten?" lässt die Nadine Liesl einfach stehen und stapft die Treppe rauf. Liesl verzieht keine Miene und verschwindet in Richtung Küche. Eins ist g'wiss, das war das letzte Mal, dass sie so einen Job gemacht hat.

Der Alte schenkt sich in aller Ruhe einen Weinbrand ein, als Nadine in der Türe erscheint.

„Kommst du? Die Riedl-Feuerstein möchte sich gern verabschieden."

„Die Frau Programmdirektorin. Wie meint sie das? Für immer oder muss sie schon heim zu ihrer Frau?"

„Sie hat noch einen Termin. Die wartet!"

„Dann soll s' warten. Ich wollte eh was mit dir besprechen. Setz dich."

Liesl bemerkt in der Küche, dass sie das Tablett oben im falschen Paradies vergessen hat. Entnervt stapft sie die Treppen wieder rauf. Gerade wie sie eintreten will, hört sie Nadine und Adam miteinander reden.

„Turtelst jetzt schon mit dem Servierpersonal?“

„Ohne mich wärst du auch nix anderes. Du weißt, ich geh nicht freiwillig. Für meine Show braucht es spätestens in drei Monaten einen Nachfolger. Und bevor der Sender auf blöde Ideen kommt, kommen wir mit einer.“

Liesl lugt vorsichtig durch den Türspalt.

Nadine greift nach dem Cognac, den Adam ihr reicht: „Du weißt, ich bin für jede Schandtat zu haben.“

„Gut. Sehr gut. Ich will, dass du dem John den Weg in die Show ebnest. Du kannst mit den ganzen neuen Arschlöchern beim Sender.“

„Dem John? Aber ... Er hat keinerlei Erfahrung, wie man eine Show moderiert.“

„Ich weiß. Aber er ist nun mal mein Sohn.“

„Du hast mir versprochen ...“

„Seine Mutter besteht darauf.“

„Klar. Klar, das ist ein Argument.“ Nadines Enttäuschung ist nicht zu überhören.

„Wir wissen beide, dass du besser singen kannst als er. Aber für die Bühne braucht es halt noch ein bissel mehr. Es gibt Leute, die für die Kamera geschaffen sind, und solche, die für dahinter gemacht sind. Und du bist nun mal ...“

„Der Grund ist doch ganz ein anderer“, antwortet Nadine trotzig.

„Was soll ich tun, mein Leben ist auch so schon schwer genug. Es tut mir leid. Tu's für mich. Red mit der Riedl-Feuerstein. Emanzen wie die hassen alte weiße Männer. Und ich kann's ihr nicht einmal verdenken.“

„Dafür solltest du dich vielleicht von ihr verabschieden.“

„Du hast recht.“

Liesl schleicht schnell wieder hinunter. Kaum, dass sie die Küche betreten hat, drückt ihr auch schon Rita ein volles Tablett in die Hand: „Wo bist du die ganze Zeit gewesen?“

Wie sie mit dem Tablett wieder raus in den Garten kommt, sieht sie Magnus und Barbara zusammenstehen. Wie gern würde sie jetzt rüber zu ihrer Freundin gehen und ihr erzählen, was passiert ist. Aber das geht nicht, weil der galante Herr Postenkommandant neben ihr steht und vor dem gibt sie sich sicher nicht die Blöße. Es ist ja nix passiert. Gar nix.

Die Liesl von der Post ist schuld

Nach Pfarrer Rahuls Andacht am Grab des Verstorbenen spricht Nadine zu den Trauernden. John hält seine Mutter im Arm. Barbara fällt es noch immer schwer, auszuloten, ob Dietlinde mit den Tränen kämpft oder ob sie ihr versagt bleiben. Zumindest ist Mike Donath jetzt still. Barbaras kleiner Wutanfall hat nachhaltig Wirkung gezeigt.

„Ein Großer. Ein Einzigartiger, ein Selbstloser hat die volkstümliche Schlagerbühne für immer verlassen. Das *Paradies* wird ihn vermissen."

Für Barbaras Gefühl rollt Nadine ein bisschen zu viel mit dem R. Es erinnert sie an Caroline Reiber, wie sie seinerzeit den *Grand Prix der Volksmusik* moderiert hat. Aber vielleicht will Nadine ja genau das. Vom Pathos her pokert sie allerdings eine Nummer höher: „Adam, wenn du mich jetzt da oben im Himmel hörst. Ich weiß, wir sehen dich eines Tages wieder." Jetzt blickt sie auch noch nach oben in den Himmel, als würde er auf einer Rauchwolke sitzen. Nicht auszuhalten, der Kitsch.

Magnus geht es ähnlich. Leise flüstert er Barbara ins Ohr: „Ich weiß, wo wir ihn wiedersehen. Im Zweiten. Um 20 Uhr 15. In der Wiederholung."

Barbara muss aufpassen, dass sie nicht loslacht. Aber das weiß ihre Freundin Liesl zu verhindern.

Denn ein Gewitter naht. Aber nicht vom Himmel. Hat sie Barbara nicht hoch und heilig versprochen, dass sie nicht zur Beerdigung erscheint? Und wer stapft da mitten über die Wiese zur offenen Grabwunde des Adam Möschl? Die Liesl von der Post, gemeinsam mit ihrem Trucker Didi. Gute Nacht, Einöd.

Liesl schlägt auf wie ein Tennisball in Wimbledon. Kaum haben die beiden die Trauergesellschaft erreicht und hat Linde ihre Erzfeindin erspäht, fährt sie sie auch schon an wie ein 40-Tonner eine Brieträgerin auf einem Postlermoped: „Dass du dich nicht schämst. Luder, verdammtes. Du hast ihn in den Tod getrieben!"

Die Paparazzi fallen über sie her wie ein Rudel Hyänen. Es prasselt ein regelrechtes Fotogewitter über die beiden Frauen nieder. Ein Wunder, dass Dietlinde nicht auch noch gewalttätig wird: „Du bist schuld! Du bist schuld daran, dass wir jetzt alle hier stehen!"

Komisch, denkt sich Barbara, dafür, dass es ihr nicht gelingt, eine Träne zu verdrücken, ist die Linde aber ziemlich emotional. Aus dem Augenwinkel beobachtet sie die Jägerwirtin. Rita scheint ähnlich zu denken. Mit zusammengekniffenen Augen taxiert sie Dietlinde, als wäre sie ihre Gegnerin. Barbaras Blicke wandern weiter. Wo ist eigentlich die Susi hingekommen? Die krümmt sich wie ein Wurm hinterm Walter und der Roswitha zusammen. Johns Schmerz ist wohl auch ihr Schmerz.

„Ihr wisst's alle, dass das nicht stimmt", ruft Liesl mit kräftiger Stimme in die Trauerrunde.

Dietlinde drängt sich vor und deutet mit zittrigem Finger auf Liesl, als wäre es ihr Schlussplädoyer in einem amerikanischen Gerichtsdrama: „Sie ist schuld. Die Liesl von der Post ist an allem schuld. Sie hat meinen Adam in den Tod getrieben. Und die Polizei tut nichts. Gar nichts!" Dietlindes strenger Blick bleibt auf Magnus haften wie eine Zunge an einem eiskalten Laternenpfahl.

Jetzt reicht es Liesl endgültig. Die Paparazzi wissen gar nicht mehr, auf wen sie zuerst schießen sollen. „Ich bin unschuldig! Ich hab mit seinem Tod nix zu tun. Und ich werde es euch allen beweisen. Ich schwöre bei seiner verkohlten Leiche, ich finde Adam Möschls Mörder. Und wenn es das Letzte ist, was ich tue."

TEIL ZWEI

Die Geheimnisse, der Sex, die Tränen, das Danach, das Parfüm und das Baby

It's a video life

Liesl und Didi haben noch nicht einmal die Trauerkleidung abgeworfen, da fahren der Herr Postenkommandant und die Frau Doktor auch schon bei ihrem Haus vor. Gemeinsam. In einem Auto. Also, wer sich dabei nichts denken soll. Und der Liesl erzählt sie nichts. Gar nichts. Ihr Didi hingegen versteht sie. Der weiß, was seine Liesl jetzt erst einmal braucht: einen Himbeergeist von der Schamberger Magdalena. Gott hab sie selig.

Magnus steigt aus und gebärdet sich wie ein Vater, der seinem Kind eine Standpauke halten will. Apropos Vater, denkt Liesl, jetzt war ich am Friedhof und wieder nicht bei den Eltern.

Magnus greift sich an den Hosenbund und zieht am Gürtel, als würde er dadurch seine Machtposition bekräftigen wollen: „Also? Was soll ich jetzt tun? Die Lieselotte von der Post ist felsenfest davon überzeugt, dass der Möschl ermordet wurde, und die Familie Möschl ist genauso davon überzeugt, dass die Lieselotte ihn in den Tod getrieben hat. Legen Sie jetzt ein Geständnis ab oder erklären Sie uns, was das da gerade am Friedhof zu bedeuten hatte?"

Das sind so Momente, wo die Liesl wieder ganz froh ist, dass sie und der Herr Postenkommandant Tröger beschlossen haben, einander zu siezen, obwohl sich doch jeder am Land duzt. Naja, fast jeder. Den Möschl Adam hat sie auch lieber gesiezt als geduzt. Das schafft einen gewissen Respektabstand.

Sie blickt zu ihrem Didi: „Schatzl, bist du so nett und holst noch zwei Schnapsglaserln? Ich schätze, die werden wir brauchen." Liesl weiß, dass es jetzt kein Drumherum mehr gibt. Also Augen zu und durch: „Ich habe euch nicht die Wahrheit gesagt."

„Wundert mich das jetzt?"

Den Kommentar hätte sich der Herr Postenkommandant sparen können, denkt Liesl, wo sie doch eh schon die Hosen runterlässt, im übertragenen Sinne. Didi kommt mit den Glaserln und versorgt die Runde mit Himbeergeist.

„Es gibt sehr wohl Überwachungskameras", hört sie sich selber sagen. „Nachdem ich mit dem Adam bei seinem Wohnmobil geredet habe, bin ich am nächsten Tag noch mal rauf zu den Möschls."

„Zu dem Zeitpunkt war er schon tot", wirft Barbara ein.

„Das haben Sie uns bereits erzählt", antwortet Magnus trocken.

Liesl bereut schon, dass sie was gesagt hat. Aber jetzt gibt es kein Zurück mehr: „Ja. Aber ich haben Ihnen nicht alles erzählt. Es war, als hätte mich die Dietlinde schon erwartet. Und dann hat sie mir ein Video von den Überwachungskameras gezeigt."

„Und?"

„Auf dem Video bin ich drauf", antwortet Liesl mit belegter Stimme. Da nützt selbst der Himbeergeist nix.

„Du?" Barbara kann es nicht glauben.

„Ja, man sieht, wie ich in der Nacht den Storch in die Wiese ramme. Jedenfalls schaut es so aus, als wäre ich es. Und weil die Linde glaubt, dass zwischen mir und ihrem Mann bei seinem Festl was gelaufen ist …"

„Was?" Didi kann nicht glauben, was er da hört.

„Beruhig dich, da war nix. Und wie sie dann auch noch gesehen hat, wie ich bei dir in der Praxis einen Schwangerschaftstest gekauft hab …"

„Du bist schwanger?" Didi ist sichtlich überfordert von so viel Information. Liesl reicht ihm zur Beruhigung einen Schnaps.

„Wir reden später. Tja, da hat sich die Linde dann zusammengereimt, dass ich hinter all dem stecke."

„Und, tust du?" Barbara weiß nicht, was sie davon halten soll.

„Nein, verdammt!!!"

„Vielleicht bist ja doch schwanger", wirft Didi ein.

„Nein!!!“, rufen Barbara und Liesl gleichzeitig.

„Und ich hab gedacht, am Land hab ich meine Ruhe …“, stöhnt Magnus und hockt sich erschöpft auf die alte Bank.

„Der Möschl wurde ermordet“, ist Liesl überzeugt.

Magnus hingegen ist eher genervt: „Warum überführen Sie sich nicht einfach selber, Frau Post? Dann haben Sie endlich Ihren Mord.“

„Ich weiß, ihr glaubts mir alle nicht. Aber eine Frage hätte ich noch, Herr Postenkommandant.“

„Bitte.“

„Was ist bei der Obduktion rausgekommen?“

„Das darf ich Ihnen nicht sagen, Frau von Post.“

„Gut, dann eben nicht.“ Liesl steht auf und schnappt sich den Himbeergeist mitsamt den Gläsern.

„Bist du jetzt eingeschnappt?“ Barbara kennt ihre Freundin nur zu gut.

„Ich hab euch jedenfalls die Wahrheit gesagt.“

„Was heißt das jetzt wieder? Ich bin deine beste Freundin. Das klingt fast so, als würden wir dir was verschweigen.“

„Etwa nicht?“ Liesls Blick wandert zwischen den beiden hin und her. „Entschuldige, aber ihr hängts ständig zusammen seit der Geburtstagsparty, ihr duzt euch, wenn es keiner hört, und dann kreuzt ihr hier auch noch gemeinsam in einem Auto auf. Wie ein Pärchen. Da kann man sich unter Umständen schon was denken.“

Didi steht komplett auf der Seif'n: „Ich hab das Gefühl, ich sollte nicht so viel fortfahren.“

„Das nennt sich Amtsgeheimnis“, wirft Magnus mit schwacher Stimme ein und räuspert sich ein bissel zu oft.

„Ach so?” Liesl muss fast lachen.

„Ich meine den Obduktionsbericht.”

„Dann sag es mir und ich sage es ihr, Magnus.“ Barbara versucht einen freundschaftlichen Brückenschlag.

„Was ändert das?"

„Ich bin Ärztin. Ich unterliege der Schweigepflicht. Genau wie du. Wenn du es mir sagst, dann ist es nicht dein Problem, wenn ich es ihr sage, sondern meins."

Jetzt mischt sich auch noch Didi ein: „Du kannst es auch mir sagen, Barbara, und ich sage es ihr. Dann ist es mein Problem."

Jetzt wird es Magnus zu blöd: „Okay. Okay! Die von Dr. Gapp durchgeführte Obduktion hat ergeben, dass es sich bei der Leiche eindeutig um Adam Möschl handelt. Er ist mit einer brennenden Zigarre unter Alkoholeinfluss eingeschlafen und erlitt eine Kohlenmonoxidvergiftung. Das Wohnmobil dürfte schon vor dem Aufprall in Brand geraten sein. Dadurch haben sich auch die Bremsen gelöst. Es ist also genau so, wie ich vermutet habe. Zufrieden?"

Liesl ist naturgemäß nicht zufrieden: „Und was ist mit den Bremskeilen?"

„Wir haben sein Handy ausgewertet. Er hat vorher mit Mike Donath telefoniert und der hat zu Protokoll gegeben, dass Adam Möschl vorhatte, am nächsten Morgen zu seiner Frau zurückzukehren."

„Er hat mit dem Mike telefoniert?" Liesl kann sich das kaum vorstellen.

„Ja. Also dürfte er schon vorm Schlafengehen die Keile gelöst und sie in den Kofferraum gegeben haben. Dort wurden Reste von Plastik gefunden. Jetzt zufrieden?"

„Gut. Dann muss ich mich wohl geschlagen geben."

„Wow. Und das aus deinem Munde", ist Barbara beeindruckt.

„Aber damit ist auch klar, dass ich ihn nicht umgebracht habe."

„Hat von uns hier nie jemand behauptet", stellt Magnus klar.

„Und ich habe ihn auch nicht in den Selbstmord getrieben."

„Das bedeutet?" Magnus schwant bereits Böses.

„Dass das hier alles ganz plausibel klingt, ich aber felsenfest davon überzeugt bin, dass es ganz anders war."

„Tja Magnus, so, wie es aussieht, sehen alle anderen schon was, was wir nicht sehen. Oder täusche ich mich da? Sehe nur ich was nicht? Oder sehe ich es auch und will es nur nicht sehen?“

„Bisschen viele Fragen auf einmal, findest du nicht, Barbara?“

Magnus bleibt vor ihrem neuen Zuhause stehen und stellt den Motor ab. Sie löst ihren Sicherheitsgut und will schon die Beifahrertüre öffnen, aber dann hält sie doch inne und dreht sich zu ihm. „Wieso hast du dich eigentlich da herversetzen lassen? Da, wo sich Post-Fuchs und Dr. Hase Gute Nacht sagen.“

Magnus lächelt, als hätte er die Frage erwartet. „Das Innenministerium hat mich strafversetzt, um eine gewisse Lieselotte mit ihren kruden Mordtheorien im Zaum zu halten.“

Barbara legt den Kopf leicht schief. Sie hätte sich über eine aufrichtige Antwort gefreut.

„Na gut. Aus privaten Gründen. Ich wollte einfach nur weg. Und das möglichst weit. Und als mein Chef mir dann gesagt hat, dass grad nichts frei ist, nur in einem Ort, wo keiner hinwill, habe ich mir gedacht: perfekt.“

„Klingt nach selbst gewähltem Straflager. So ein schlechtes Gewissen?“

„Möglicherweise.“

Barbara spürt, dass er nicht weiter drüber reden will. Sie beschäftigt noch etwas anderes: „Und wenn doch was dran ist an dem, was die Liesl sagt?“

Magnus schreckt auf: „Ist heute Samstag?“

„Ja, wieso?“

Er blickt auf seine Uhr. „Darf ich noch mit reinkommen?“

Barbara reagiert verlegen und überfordert: „Ähm … Das geht jetzt aber ziemlich schnell. Wir kennen uns doch kaum. Bernhard und ich sind ja noch nicht einmal geschieden. Ich … ich glaube, ich hab alles verlernt …“

„Wovon redest du?“
„Wovon redest DU?“
„In ein paar Minuten startet im Zweiten das *Musi-Paradies.*“
„Oh. Oh. Verdammt. Und ich dachte ...“
„Was?“
„Ich dachte, dass du ... dass du wolltest, dass ich dir meine Briefmarkensammlung zeige. Gott, ist das peinlich ...“
Magnus lächelt verschmitzt: „Wer sammelt heutzutage noch Briefmarken?“
„Die Liesl, wer sonst?“

Barbara dreht in ihrem Wohnzimmer den Fernseher auf. Schon ertönt die Signation der Show.

Im Paradies hörst du das und dies,
lass dich verführen von Nadines Musik
im Schlagerparadies

Magnus macht es sich auf dem Sofa bequem, während Barbara etwas zu trinken holt. Da steht sie nun, in ihrer neuen Küche in dem schönen alten Haus von der Magdalena. Eines, wie es Barbara sich immer gewünscht hat. Und im Wohnzimmer hockt ein Mann auf dem Sofa, mit dem sie wahrscheinlich gleich Sex haben wird. Es fühlt sich gerade alles gut an. Fast so, wie sie es sich immer gewünscht hat. Wer hätte das gedacht. Vor ein paar Wochen war ihr Leben noch eine Katastrophe. Ein bisschen was von ihrem Lebenstraum geht wohl doch noch in Erfüllung. Nur der Wunsch nach Kindern eher nicht mehr. Und ob sie noch einmal einen Mann fürs Leben braucht, da ist sie sich auch nicht so sicher. Aber für gewisse Stunden schon. Träume ändern sich mit dem Alter. Und statt dem großen Glück sucht Frau nur noch Zufriedenheit. Es ist nicht alles schlecht am Älterwerden, denkt sich Barbara, während sie schnell eine kleine Jause zusammenstellt. Nix Aufregendes, italienische Salami, frischen Parmesan, Oliven, Baguette und gutes Olivenöl.

Im Fernsehen betritt Nadine die Bühne. Sie trägt ein fesches Dirndl und spricht in die Kamera, als wäre sie die Inkarnation von Caroline Reiber: „Was wäre das Paradies ohne Musi? Die Hölle. Genau! Und aus dem Grund haben wir auch heute wieder ein buntes Potpourri vorbereitet, das uns den grauen Alltag ein bissel bunter macht und die Sorgen vergessen lässt. Begrüßen Sie mit mir Joschi & Martina mit ihrem Lied ‚Leb deinen Traum'!"

Träume sind dazu da,
dass man sie lebt.
Das Leben vergeht,
die Liebe verweht,
drum leb deinen Traum,
bevor er zerplatzt.

Barbara kommt mit Wein, Käse, Salami und Baguette zurück ins Wohnzimmer und stellt das Holzbrett auf den Wohnzimmertisch.

Magnus ist sichtlich erfreut: „Danke, das ist sehr lieb. Ist lange her."

„Was?"

„Naja, wenn man alleine wohnt, isst man einfach aus der Packung."

„Mein Mann hat das nie zu schätzen gewusst."

„Ein ziemlicher Idiot."

„Ja, vielleicht. Aber vielleicht waren wir auch einfach nur nicht die Richtigen füreinander."

„Leb deinen Traum, bevor er zerplatzt", wirft Magnus leise ein.

„Ich dachte, du magst so eine Musik nicht.“

„Vielleicht könnte ich mich ja doch dran gewöhnen. Ich könnte mir auf jeden Fall ein Beispiel daran nehmen.“

„Woran?“

„Träume sind dazu da, dass man sie lebt“, flüstert er noch, bevor er sie sanft auf den Mund küsst. Barbara weiß gar nicht, wie ihr geschieht. Das ist alles so lange her. Wie aus einer anderen Zeit, einer anderen Epoche, ein verschüttetes Gefühl, das gerade erst wieder freigeschaufelt werden muss. Aber vielleicht ist der Mann ihr gegenüber ja Archäologe. Barbara muss über ihren eigenen Gedanken lachen.

Magnus schaut sie irritiert an: „Worüber lachst du?“

„Warst du eigentlich schon immer Polizist?“

„Ja, wieso!?“

Sie streichelt ihm sanft über die Wange und küsst ihn. Wieder hält sie inne und betrachtet ihn mit einem Hauch von Skepsis: „Kommt jetzt gar kein ‚Ich bin noch nicht so weit‘? Kein ‚Sorry, ich hab gerade eine heftige Trennung hinter mir, ich brauche noch etwas Zeit, mir geht das alles zu schnell‘?“

„Witzig“, antwortet Magnus, „genau das wollte ich dich auch gerade fragen.“

„Und?“

„Naja, mir kann es ehrlich gesagt gar nicht schnell genug gehen.“

„Großartig. Dann sind wir ja schon zwei.“

Lass uns lieben,
bis die Sonne aufgeht.
Lass uns träumen,
solange die Liebe uns trägt.
Lass uns leben,
bis der Traum zerplatzt.

Was für ein Schmarrn, denkt sich Didi, der schon einmal die Sendung eingeschaltet hat, die die Liesl so gern schaut. Er kennt ja seine Liesl. Obwohl, nach dem, was er heute gehört hat, hat er auch schon wieder seine Zweifel daran. Wieso hat sie ihm nichts gesagt von dem Schwangerschaftstest?

Jetzt kriecht sie zu ihm unter die Decke und wärmt ihre kalten Füße an seinen. Das liebt er. Nur, dass sie immer was zu futtern mit ins Bett nehmen muss und das so viele Brösel macht, das liebt er weniger. Aber so ist das nun mal. Das gehört alles zu Liesls Samstagabendritualen. Er ist schon froh, dass er sie so weit gebracht hat, dass sie im Bett schauen und nicht mehr unten auf dem alten, durchgesessenen Sofa ihrer Eltern.

Liesl und ihre Eltern haben früher immer am Samstag gemeinsam ferngesehen. Die ganzen alten Hadern, die er in Wahrheit überhaupt nicht kennt. Seine Eltern waren genau in seiner Kinder-Sturm-und-Drang-Zeit bei den Zeugen Jehovas und hatten keinen Fernseher. In der Schule war das nicht lustig. Vielleicht ist er deshalb so wehrhaft geworden. Inzwischen repariert sein Vater alte Fernseher und seine Mutter ist Buddhistin. Wenn er Erinnerungen an seine Kindheit hat, dann eher nicht so kitschige wie die Liesl. *Denver Clan, Dallas, Sissi* und so, das kennt er alles nicht. Und wenn er mit Liesl das ganze alte Zeug schaut, kann er eigentlich nichts damit anfangen. Aber was soll er tun, sie liebt es und er liebt sie. Außerdem kommen ihr dann immer die Tränen und einer muss sie ihr ja dann wegküssen, und das liebt er ganz besonders. Er ist sogar davon überzeugt, dass niemand auf der Welt Tränen so gut wegküssen kann wie er. Er könnte glatt einen Abendkurs beim Wifi oder einen Tränenwegküsser-Kurs leiten. Überhaupt kein Problem. Er hätte gern ein Baby mit der Liesl. Dann würde er das Fernfahren lassen und sich einen Job beim Lagerhaus suchen.

Jetzt ist das Lied aus und die neue Moderatorin tritt auf. Liesl versteift augenblicklich ihr Rückgrat. Er hat keine Ahnung, warum.

„Geht es nicht vielen von uns genauso?“, kommt aus dem Fernseher. „Ein Leben lang laufen wir unseren Träumen hinterher oder sperren sie weg, anstatt sie zu leben! Eine indianische Weisheit sagt: ‚Wirklich weise ist, wer mehr Träume in seiner Seele hat, als die Realität zerstören kann.‘ Drum haltet an euren Träumen fest, kämpft um sie und lasst sie euch nicht zerstören. Von niemandem.“

Noch bevor die Moderatorin zu Ende geredet hat, hämmert Liesl auch schon so brutal eine Textnachricht in ihr Handy, dass Didi das arme Smartphone schon fast leidtut.

„Was ist denn los?“

„Das ist die Nadine.“

„Welche Nadine?“

„Die Nadine Jäger. Die Tochter von der Rita.“

„Sagt mir alles nix.“

„Weil du nie da bist. Die Rita ist die Wirtin vom *Jägerwirt'n*“, gibt Liesl ihm schnippisch zu verstehen, während sie weiter auf ihr armes Smartphone einhämmert und Nadines Schmalz aus dem Fernseher tropft: „Einer, der endlich seine wahren Träume verwirklichen will, verlässt für immer die große Bühne der volkstümlichen Musik. John Möschl ...“

Liesl hört augenblicklich auf zu schreiben und starrt mit offenem Mund auf den Bildschirm, als hätte Nadine gerade verkündet, dass es tatsächlich Außerirdische gibt, die komplett gelb sind und auf einem Planeten leben, der wie ein Briefkasten aussieht. Dabei sagt sie nur: „Mit seinem Song ‚Es gibt viele Frauen in meinem Leben, aber nur eine Mama‘, verabschiedet sich heute ein ganz Großer von uns: John Möschl!“ Gewaltiger Applaus tost auf und Didi begeht den fatalen Fehler, den Fernseher auszuschalten.

„Bist du irre!?“, schreit Liesl hysterisch auf und reißt ihm die Fernbedienung aus der Hand. „Wieso schaltest du den Fernseher aus?“

„Wieso hast du mir nichts davon gesagt?“ Es ist nicht zu überhören, dass er gekränkt ist. Ist ja auch kein Wunder. Seit Magnus und Barbara gefahren sind, hat sie kein einziges Wort über diese eine Sache verloren. Im Gegenteil, sie ist ihm regelrecht aus dem Weg gegangen. So lange wie heute war sie schon lange nicht mehr im Bad. Oder dass sie den Anfang von Adams *Musi-Paradies* verpasst, hat es auch noch nie gegeben. Dabei würde er wirklich gern erfahren, warum sie ihm nichts von dem Schwangerschaftstest erzählt hat.

Drrrr, drrrrr, drrrr, drrrrr, drrrr

Das kann einen schon aus dem Rhythmus bringen, selbst wenn man lange aus dem Rhythmus war. Vielleicht gerade dann. Barbara hätte das blöde Handy auf lautlos stellen sollen. Sie hätte sich denken können, dass die Liesl sie irgendwann mit SMS bombardiert. So neugierig, wie sie ist. Und den Fernseher hätten sie vielleicht auch leise drehen und lieber eine Schallplatte auflegen sollen. Nicht gerade potenzfördernd, wenn du gerade Sex auf dem Wohnzimmerteppich hast und im Fernseher singt einer: „Es gibt viele Frauen in meinem Leben, aber nur eine Mama.“

Respekt, Magnus ist standhaft geblieben. Seltsam, denkt Barbara, wie sie es so lange ohne Sex aushalten konnte. Aber es heißt ja, dass der Trieb irgendwann verkümmert, wenn man sich nicht regelmäßig um ihn kümmert. Der Sex allein ist es gar nicht. Eher jemand anderen spüren, riechen und atmen. Und dass da jemand ist, der dich begehrt, der dich atmen und spüren will. Dass sich jemand nach dir verzehrt. Das findet sie fast noch toller als das eigene Begehren. Kein Wunder, bei dem

Ex-Mann. Jetzt vibriert das Scheißding schon wieder. So oft, wie die Liesl ihr Nachrichten schickt, geht das blöde Handy schon fast als Vibrator durch. Aber den braucht sie ja jetzt nicht mehr. Hofft sie zumindest.

Sie ist erschöpft, sie schwitzt, sie spürt ihr Herz endlich mal wieder schlagen, und das mit gutem Grund und nicht nur, weil es seinen Job erledigt. Und neben ihr liegt ein schöner Mann, genauso nackt und genauso erschöpft. Es ist exakt so passiert, wie sie es sich gerade vorher noch erhofft hat. Was will man mehr vom Leben? Vielleicht eine Portion Pasta mit Tomaten aus dem eigenen Garten und duftendem, frischem Basilikum. Nichts Aufregendes. Aufregend ist sie gerade selber. Und einen guten Rotwein. Sie dreht sich zu ihrem Liebhaber: „Ich könnte uns was zu essen zaubern."

„Großartige Idee", sagt er und hält sie mit seinen Küssen davon ab.

Es gibt viele Frauen in meinem Leben,
aber nur eine Mama.
Die anderen sind vielleicht ganz nett,
aber mei' Mama ist der Hammer.

„Ich hab gedacht, du nimmst die Pille." Didi lässt nicht locker und fordert in seinem Frust das Gespräch ein. Das Lied im Fernsehen nervt ihn. Liesl starrt auf ihr Handy und ärgert sich darüber, dass da keine kleinen blauen Häkchen erscheinen, bei den wirklich wichtigen und dringenden Nachrichten, die sie ihrer Freundin Barbara schickt. Was tut die da die ganze Zeit? Sie will es gar nicht wissen. Dabei weiß sie es genau.

„Liesl, ich rede mit dir."

Jetzt hat sie endgültig die Nase voll. Sie dreht sich zur Seite, zieht mit einem Ruck die Schublade von ihrem Nachtkastl raus und leert den gesamten Inhalt vor Didi auf der Bettdecke aus. Didi starrt fassungslos auf mindestens 20 benutzte Schwangerschaftstests.

Er weiß, was er nun zu tun hat. Der Tränenwegküsser ist gefragt. Wortlos nimmt er Liesl in den Arm und küsst ihr die vielen, vielen Enttäuschungen von der Seele. Nach einer Weile hört er, wie sie sich den Rotz leicht raufzieht, dann weiß er, es geht ihr langsam wieder besser. Wenn sie dann was sagt, dann ist ihre Stimme immer ganz sanft.

„Und dann behauptet die Linde, diese blöde Funz'n, auch noch, ich wäre schwanger. Schön wär's."

„Warum hast du mir nix gesagt?"

„Ich wollte dich überraschen. Ich hab mir das so schön vorgestellt: Ich sitz draußen auf der Bank, dann hör ich den 40-Tonner seufzen, kurz bevor er in die Einfahrt einbiegt. Dann schiebt sich das blaue Walross vor die Türe, ich steh auf und geh um die Fahrerkabine herum, seh, wie mein Kapitän die Fahrertüre öffnet, seh, wie er eine Stufe nach der anderen runterklettert, und wenn er dann vor mir steht, deute ich auf den riesigen Auflieger und sag: ‚Ich hoffe, du hast da hinten drin Windeln geladen, die werden wir nämlich bald brauchen.'"

Diesmal ist es an der Liesl, wem die Tränen wegzuküssen, wenn auch vor Lachen.

„Vielleicht liegt es ja an mir. Das ständige Im-Lkw-Sitzen drückt auf die Prostata."

Liesl busselt ihren Trucker. „Du bist lieb. Aber du bist ein Trottel. Es soll vielleicht einfach nicht sein."

„Oder wir versuchen es nicht oft genug."

Didis Navi war schuld. Vor drei Jahren. Plötzlich stand er mit seinem fetten Walross in ihrer Einfahrt. Damals war es noch rot und ein Volvo. Es war Liebe auf den ersten Blick. Seitdem hängt ein Warnschild am Anfang der kleinen Gasse, die zu ihrem Haus führt: *TURN BACK, YOUR GPS IS WRONG.* Immer wieder stand mal ein Truck in ihrer Einfahrt und hatte sich verirrt. Aber keiner von den Fahrern hatte zu ihr gefunden. Am Wochenende darauf stand der Volvo wieder vor ihrer Türe. Ohne sich verirrt zu haben. Didi hat ein Herz, das mindestens so groß ist wie sein 40-Tonner. Von den Tränen, die er ihr weggeküsst hat, egal ob sie vom Weinen oder vom Lachen kamen, hätten die beiden hinterm Haus locker ein kleines Biotop anlegen können. Ohne den Didi könnte die Liesl auch leben, aber mit ihm WILL sie leben.

„Ich muss noch mal weg."

„Jetzt? Es ist mitten in der Nacht."

„Es ist halb zehn. Das ist nicht mitten in der Nacht. Die Barbara geht nicht ans Handy."

„Vielleicht hat sie ja was Besseres zu tun?"

„Ich bin in einer halben Stunde wieder da. Und dann trainieren wir auf Zwillinge. Mindestens."

Und schon ist sie zur Türe raus und das blöde Lied geht ihr nicht mehr aus dem Kopf.

Wenn die anderen weiterzieh'n,
wenn's im Leben mal nicht passt.
Wirst du mich immer lieben,
auch wenn ich einen Scheiß verzapf.

Du liebst mich ohne Wenn und Aber,
ich war einmal ein Teil von dir,
das schweißt zusammen, bis ans End,
weil mich keine so gut kennt.

Mama, du bist mein Fels in der Brandung,
da ist keine, die ich so wie dich verehr.
Du bist gerecht und manchmal streng,
doch dein Herz ist immer fair.

Es gibt viele Frauen in meinem Leben,
aber nur eine Mama.
Die anderen sind vielleicht ganz nett,
aber mei' Mama ist der Hammer.

Danach und davor

Liesl hat ihrem Didi noch gar nicht gestanden, dass sie ihre Postkutsche in den Acker vom Brenner Rudi gerammt hat und es schon schön wäre, wenn er sie am Wochenende wieder fahrtüchtig machen könnte. Wenn sie das der Postdienststelle meldet, fragen die nur blöd nach und machen ihr Ärger oder, was noch viel schlimmer wäre, sie kriegt ein Ersatzfahrzeug, womöglich ein funkelnagelneues. Und was dann? Sie liebt ihre alte Postkutsche. Vielleicht sollte sie doch ein bisschen behutsamer mit ihr umgehen. Aber ein bissel Radlfahren ist auch ganz fein. Besonders in so einer lauen Sommernacht wie dieser, wenn man gerade so eine schöne Liebe gespürt hat wie mit ihrem Didi. Miteinander lachen ist eins, aber miteinander weinen und dann drüber lachen können, ist Königsdisziplin.

Wieso brennt denn beim Nah & Frisch noch Licht? Um die Zeit? Es ist gleich zehn vorbei. Das ist doch der Walter, der da gerade seinen Caddy belädt. Das wäre der Liesl neu, dass der jetzt einen Lieferservice anbietet. Egal. Er wird schon wissen, was er tut.

Jetzt wäre sie beinahe falsch gefahren. Die Barbara wohnt ja gar nicht mehr in ihrer Betonvilla in der Nähe vom Badesee. Da wohnen ja jetzt der Herr Doktor Gapp und sein *Inferno*-Mike. Dem sollte sie auch noch mal auf den Zahn fühlen. Wieso hat der mit dem Adam Möschl telefoniert? Dass der Mike bei dem Geburtstagsfest die Technik machen durfte, war doch eine reine Mitleidsnummer. Das weiß doch jeder im Ort, dass den Mike in der Früh nicht der Wecker, sondern der Gerichtsvollzieher rausklingelt. Naja, das ist jetzt auch anders. Jetzt küsst ihn der Herr Doktor Gapp wach.

So kann man sich täuschen, denkt Liesl, wie sie, ziemlich außer Atem, beim ehemaligen Haus der Schambergerin ankommt, in dem jetzt die Barbara wohnt. Sie hätte wetten können, dass das Auto vom Magnus vor der Türe parkt und sie die beiden beim Sex stört. Nicht, dass sie ihrer Freundin den Sex nicht gönnt, aber warum gerade mit dem Feind? Und davon abgesehen: Die Ermittlungen gehen vor und das, was sie ihrer Freundin mitzuteilen hat, ist von höchster Dringlichkeit. Und wenn die Frau Doktor ihre SMS nicht liest, dann ist sie selber schuld. Und überhaupt hat die Liesl ja auch auf Sex verzichtet, im Dienst der Wahrheitsfindung. Man muss bereit sein, Opfer zu bringen, wenn man die Welt besser machen will.

Und siehe da, wer hockt da auf der schönen alten Bank vorm Haus? Ihre Freundin Barbara, mit einer Zigarette im Mund, einem Glasl Wein in der Hand und einem beneidenswerten Ausdruck im Gesicht. Und unterm Bademantel wahrscheinlich nichts als frisch berührte Haut.

„Den Gesichtsausdruck kenne ich. Allerdings nicht von dir."

„Was meinst jetzt?", fragt Barbara tiefenentspannt.

„Du hattest Sex! Und guten noch dazu."

„Vor dir kann man auch nichts verheimlichen. Sieht man mir das wirklich an?"

„Die Zigarette danach hat dich verraten."

„Die schmeckt einfach so viel besser."

Liesl setzt sich zu ihrer Freundin und schnappt sich das Glas. „Du gehst zwar mit meinem besten Feind ins Bett, aber es sei dir vergönnt. Wo ist er überhaupt?"

„Zu einem Einsatz. Leider. Und was treibt dich da her?"

„Vielleicht schaust einmal auf dein Handy. Ich hab dir geschrieben. Einen Haufen Nachrichten."

„Ich war beschäftigt, wie du weißt. Um was ging's denn?"

„Hast die Show am Abend gesehen?"

„Ja, wieso? Also, zumindest ein bissel", seufzt Barbara zufrieden.

„Die heißt jetzt *Nadines Musi-Paradies*."

„Und?"

„Ich hab auf dem Festl vom Adam rein zufällig ein Gespräch zwischen ihm und der Nadine mit angehört. Da wollte er, dass die Nadine dafür sorgt, dass der John die Show übernimmt. Und jetzt moderiert sie den Schas. Entschuldige, wenn das kein Motiv ist.“

„Du meinst, sie hat den Adam aus dem Weg geräumt, weil sie die Show übernehmen wollte?“

„Ja, sicher.“

Barbara überlegt. Da könnte was dran sein. „Sag vielleicht besser nix dem Magnus davon. Sonst hält er dich für komplett verrückt.“

„Das tut er doch eh schon.“ Liesl trinkt Barbaras Glas in einem Zug aus und steigt wieder aufs Rad.

„Wieso fährst du jetzt schon wieder?“

„Du hast mich auf den Geschmack gebracht. Ich würde auch gern eine rauchen. Aber die *danach* schmeckt halt viel besser. Deshalb fahr ich jetzt schnell heim und hol mir das *Davor*. Der Didi wartet eh schon.

Der Duft einer Ehe

Während Liesl und Barbara übers *Danach* philosophieren, steht Magnus *davor*, genauer gesagt vor Schloss Möschl und versucht zu schlichten, was noch zu schlichten möglich ist.

Der rostige Chevrolet Camaro hat seine Räder fest in den frisch geharkten Kies gekrallt, als würde er dort nie wieder wegwollen. Genauso geht es wohl auch seinem Besitzer. Mike hockt oben vor der wetterfesten Plastiktüre und bewegt sich keinen Millimeter. Magnus kann nur hoffen, dass er sich da oben nicht festgeklebt hat wie ein Klimaaktivist auf der A12. Aber von diesen Protesten hat Mike hier in Öd wahrscheinlich noch nie was gehört.

Das Ganze hat was von einer spanischen Seifenoper im Vorabendprogramm. Damit nicht genug, zieht Mike permanent an der dämlichen Eisenketten-Klingel, die nun unentwegt „Schatzl-Spatzl" spielt, während sein Liebhaber, der bislang äußerst kontrollierte und disziplinierte Radrennfahrer und Sprengelarzt Dr. Bernhard Gapp, auf Mike bedächtig und beruhigend einredet, als wäre der ein verschrecktes Pferd. Damit nicht genug, in der Türe steht Dietlinde Möschl im weißen Hausmantel, quasi bettfertig, mit einem Gesichtsausdruck von einem Steinbruch kurz vor der Sprengung.

Magnus würde jetzt sehr gern auf der Stelle umdrehen, zurückfahren und in Barbaras Armen unsichtbar werden. Aber da hört er auch schon Cruella Möschls drahtige Stimme: „Bringen Sie diesen Menschen weg!!! Hoffentlich schaffen Sie wenigstens das, Inspektor Tröger."

„Er wollte nur reden", versucht Bernhard zu beschwichtigen.

„Da gibt es nichts zu reden."

„Darf ich vielleicht erst einmal erfahren, um was es geht?", fährt Magnus dazwischen.

„Nein!", mault Linde.

„Ja!“, ruft Bernhard.

„Ich habe auch das Recht, zu trauern“, fordert Mike mit weinerlicher Stimme ein.

Als kleiner Junge hat Magnus wirklich geglaubt, dass er nur die Augen schließen muss, um unsichtbar zu sein. Warum zum Teufel hat er Polizist werden wollen und nicht Houdini oder irgendein anderer Zauberer?

„Erbschleicher!“, schreit Dietlinde.

„Nicht nur Sie haben einen geliebten Menschen verloren“, kontert Mike trotzig, als wäre er einer der Hauptdarsteller in *Ein Käfig voller Narren*.

„Dass ich nicht lache“, antwortet Dietlinde, während sie ihre Fäuste in die Hüfte stemmt und alles andere als lacht.

Mike gibt sich nicht so schnell geschlagen: „Wissen Sie, für mich ist das auch nicht leicht. Wenn du ohne Vater aufgewachsen bist und auf einmal erfährst, wer dein Vater ist, und kaum weißt du es, ist er tot. Das ist schon hart.“

„Adam Möschl war Ihr Vater?“ Diese Information ist tatsächlich eine Überraschung für Magnus.

„Ja. Er hat es mir selber gesagt. An seinem Geburtstag.“ Nun ist Mike derjenige, der die Fäuste trotzig in die Hüften stemmt. Und das im Sitzen.

„Erfunden und erlogen! Erbschleicher! Schau, dass du weiterkommst, sonst ruf ich die Polizei!“, keift Dietlinde dazwischen.

„Ich bin die Polizei!“, trotzt Magnus und ertappt sich gerade noch rechtzeitig dabei, wie er seine Fäuste in die Hüfte stemmen will. Und schon hat Dietlinde die Türe vor den drei Nasen zugeknallt.

Magnus atmet erst einmal tief durch: „Es ist besser, Sie gehen jetzt, meine Herren.“

Exakt in dem Moment, in dem Bernhard und Magnus dem geschwächten Mike auf die Beine helfen wollen, passiert es.

Bernhard hält mitten in der Bewegung inne und starrt Magnus an. Genau auf Augenhöhe. Er hat es gerochen. Es ist genau in dem Moment zu ihm herübergeweht, wie Magnus sich vornübergebeugt hat: das Parfüm seiner Frau. Thierry Mugler, *Angel*. Das Parfüm hat er ihr jedes Jahr zum Geburtstag geschenkt. 15 Jahre lang. Der Duft seiner Ehe. So was vergisst man nicht. Und nun riecht dieser dahergelaufene Bulle nach seinem verlorenen Leben und er ist selber schuld. Er ist selber schuld daran, dass er sich jetzt um diese Memme Mike kümmern muss und sein ganzes bisheriges Leben mit seinen wunderbaren, ewig gleichen Abläufen zum Teufel ist. Er kommt nicht einmal mehr zum Radfahren. Er hat sein Leben diesem erfolglosen schwarzen Teufel verschrieben. Mit Haut und Hippokrates. Der größte Fehler seines Lebens. Das wird ihm nun klar. Exakt in dem Augenblick, in dem er den Engelsduft seiner Ex-Frau einatmet.

Tatü-tata

Ihr Didi ist ein wahrer Engel. Als Liesl am Abend zuvor wieder heimgekommen ist, ist er in der alten Scheune gestanden und hat die heruntergerissene Stoßstange an ihrer alten Postkutsche montiert. Sie hat nicht anders können und ihm auch gleich seinen Blaumann vom Leib gerissen. Es sind sich sogar zwei *Danach*-Zigaretten ausgegangen. Wer weiß, vielleicht hat Didi ja recht und sie müssen nur oft genug üben und sie wird doch noch schwanger. Und wenn nicht, dann hatten sie zumindest viel Spaß.

Sie hat prompt verschlafen. Gerade wie sie ihr Postauto vorm Postshop belädt, kommt Walter in seinem Caddy angefahren. Sie versteht nicht, wie er das den ganzen Tag aushält, mit seinem eigenen, ständig grinsenden Konterfei auf seinem Lieferwagen herumzufahren. „Immer frisch. Euer Walter." Na gut, er sieht es ja nicht, wenn er drinsitzt. Aber vielleicht sind die Leute enttäuscht, wenn er aussteigt. In echt schaut der Walter nämlich bei Weitem nicht so attraktiv aus wie auf seinem Auto mit dem bunten Gemüsekorb in den Händen. Die Tennissocken, die Sandalen und der Nah-&-Frisch-Kittel machen die Sache nicht besser. Dass es das überhaupt noch gibt. Der Mann ist ein einziges optisches Klischee, das einfach nicht aussterben will. Die Magnet-Lesebrille um seinen Nacken, die man über der Nase zusammenklicken kann, ist nur noch der i-Punkt auf dem Walter. Die Reifen von seinem Caddy sind witzigerweise genauso verdreckt wie die von ihrem Postauto.

„Servus, Walter."

„Servus, Liesl."

„Jetzt sag nicht, du bist so wie ich durch den Acker vom Brenner Rudi gepflügt?"

Walter versteht nicht, was sie meint. Liesl deutet auf seine verdreckten Reifen.

„Ach so, nein, nein."

„Viel zu tun?"

„Immer."

„Ich meine nur, weil du so spät in der Nacht noch ausgeliefert hast."

Walter zögert kurz. „Dem *Jägerwirt* ist das Essen ausgegangen, nach dem Leichenschmaus vom Möschl Adam. Da hab ich schnell Feuerwehr gespielt. Tatü-Tata!"

„Tatü-Tata! Dann ist ja alles klar", antwortet Liesl und fragt sich, was er zu verbergen hat.

Liesl bringt das Wagerl für die Packerln zurück ins Lager und will ihre Postlerklamotten anziehen, die da immer am Haken hängen. Ihr gelber Kapuzenhoodie ist nicht da und sie ärgert sich, dass sie da nicht schon viel früher nachgeschaut hat. Irgendwer hat ihn gestohlen. Irgendwer ist gut, wahrscheinlich der Mensch, der den Möschls den Storch ins grüne Herz gerammt hat. Auf einmal steht Susi hinter ihr. Wie immer gelangweilt. Nur, dass sie diesmal eine Leberkäs-Semmel in der Hand hält und den Käse eher lutscht als beißt. Kein Wunder, dass die so dünn ist wie ein Kleenex. Manchmal hat die Liesl ja den Verdacht, dass die Susi die ganzen Taschentücher auffrisst, nachdem sie sie vollgeheult hat. Soll ja auch satt machen, hat sie mal in einer Doku über Supermodels gesehen. Wobei die Susi eher kein Supermodel ist. Mehr so der Typ Freiwillige-Feuerwehr-Kalender 1998.

Aber wenn sie grad da ist, dann kann Liesl sie auch gleich fragen: „Weißt du, wo mein gelber Hoodie ist?"

„Nein." Susi macht keinerlei Anstalten zu gehen. Das tut sie gern.

„Ist irgendwas, Susi?"

„Nein. Was soll sein?"

„Sag du es mir."

„Ich frag mich nur, ob was dran ist an dem, was die Witwe Möschl beim Begräbnis behauptet hat. Dass du was mit dem Alten gehabt hast. Ich meine, wer hat nix mit dem gehabt …?“

„Du vielleicht!?“

„Du bist arg. Weißt, wie alt der war? Meine Mama vielleicht, aber ich doch nicht! Hast das schon gesehen?“, fragt Susi, zieht einen Zeitungsartikel aus ihrer Kitteltasche und reicht ihn Liesl. Auf der Titelseite ist ein Foto von Mike und ein Foto von Adam zu sehen. Und drüber steht: „Ich war sein Sohn und wusste es nicht.“ Und direkt drunter: „Erst kurz vor seinem Tod verriet ihm Adam Möschl, dass er sein Vater ist. Erwartet den hoch verschuldeten *Disco-Inferno*-Besitzer Mike Donath nun ein Millionenerbe?“

Liesl kann nicht glauben was sie da liest: „Das ist jetzt aber nicht wahr.“

„Vielleicht komm ich ja auch infrage“, spekuliert Susi, noch immer am Leberkäse zuzelnd.

„Als was, als Erbin?“

„Ja. Könnte doch sein, dass er meine Mama geschwängert hat und ich jetzt auch ein paar Millionen erbe.“

Susi schnappt sich den Zeitungsartikel und studiert das Profil vom Adam Möschl: „Ein bissel eine Ähnlichkeit ist schon da, findest du nicht?“

„Mit dem Adam oder mit dem Mike?“

Das hat gesessen. Susi ist sichtlich gekränkt: „Ihr werdet euch noch alle wundern.“

„Aha. Und worüber?“

„Ich werd sicher nicht ewig da bleiben und blöd hinter der Kassa hocken.“

„Wenn du weiter so an deinem Leberkas zuzelst, schon.“

„Du bist so blöd, Liesl. Sag jetzt nicht, dir macht das Spaß hier.“

„Ich bin gern bei der Post.“

„Niemand ist gern bei der Post. Nicht einmal die Kunden. Ah, jetzt hätte ich es beinahe vergessen. Du stehst übrigens auch drin."

Susi zieht noch einen weiteren Zeitungsausschnitt aus ihrer Kitteltasche und hält ihn Liesl trotzig hin. Dann stolziert sie zurück in den Laden. Liesl schaut auf dem Foto aus wie Amber Heard, nachdem sie den Prozess gegen Johnny Depp verloren hat. Und drüber und drunter und drumherum steht: „In Öd geht die Post ab." „Skandal Post Mortem". „Witwe beschuldigt schwangere Geliebte am offenen Grab."

„Schwangere Geliebte? Was soll der Scheiß?", denkt sich Liesl und ertappt sich dabei, dass sie es laut gesagt hat.

Hexenjagd

Ja, so schnell kann's gehen und aus der allseits beliebten Liesl von der Post wird „die von der Post" oder „die Schlampe vom Möschl" oder „die Depperte, die sich schwängern hat lassen". Und so weiter und so weiter und so fort. Ja, auf einmal steht keiner mehr am Gartentor und wartet auf die Liesl für einen kurzen Plausch. Auf einmal werden die Vorhänge zugezogen, wenn die gelbe Postkutsche vor der Türe hält. Sogar der faule Toni, der sonst immer um halb zwölf an der Straße steht und darauf wartet, dass die Liesl ihn die läppischen 600 Meter mit rauf zu seiner Mutter nimmt, ignoriert sie und dreht sich demonstrativ weg. Sogar der. Seit er es mit seinen knapp 50 Jahren endlich geschafft hat, von zu Hause auszuziehen, nimmt sie ihn von Montag bis Freitag die paar Meter mit, weil er immer noch bei der Mama zu Mittag isst und den steilen Weg nicht raufgehen mag. Runter allerdings auch nicht. Jeden Tag das gleiche Spiel. Der Toni steigt ein und näselt durch seine Adlernase: „Servus, Liesl" und die Liesl sagt: „Servus, Toni." Und wenn er gleich drauf wieder aussteigt, sagt die Liesl: „Grüß mir die Mama" und der Toni sagt: „Mach i." Und wenn sie von ihrer Postrunde zurückkommt, gabelt sie ihn wieder auf und blickt ihn fragend an und macht dabei nur eine klitzekleine Kopfbewegung und es ist alles gesagt. Und der lange Toni antwortet drauf: „Kohlrouladen" oder je nachdem, was es halt gegeben hat an dem Tag. Und nach 600 Metern steigt er wieder aus. So was schweißt schon zusammen. Hat sich Liesl jedenfalls gedacht. Und dann dreht dieser liederliche Mensch ihr doch tatsächlich den Rücken zu. In Zukunft kann er zu Fuß gehen.

Was für ein verlogenes Pack, ärgert sich Liesl. Alle miteinander. Aber sie wird es denen allen beweisen. Und wenn sie in jeden Briefkasten einen benutzten Schwangerschaftstest wirft.

Sie hat ja genug davon. Eine Liesl von der Post lässt sich von so etwas nicht unterkriegen, im Gegenteil. Ihr wollts die Hexe jagen? Dann passts auf, dass ihr euch an ihr nicht die Finger verbrennt!

Irgendwas schleift noch vorn beim Radkasten, aber zumindest ist ihre Kutsche wieder fahrtüchtig. Nächste Station ist der *Jägerwirt*. Normalerweise kehrt sie gern dort ein, auf einen schnellen Kaffee. Aber heute eher nicht. Die Rita, die Wirtin, ist die Mutter von der Nadine und die Nadine hat sicher einen Hass auf die Liesl, schließlich ist sie die rechte Hand von der Linde. Die Liesl hat die Nadine schon damals in der Volksschule nicht leider können. Weil sie sich immer gebärdet hat, als wäre sie Britney Spears. Sie hat immer einen Pulk an falschen Freundinnen um sich geschart und so getan, als wäre sie ein Popstar. Immer zu viel geschminkt, zu bunt gestylt und zu blöd geredet. Dabei wollten die alle nur mit ihr befreundet sein, weil sie dann gratis beim *Jägerwirt'n* essen konnten. Und essen hat sie ja gern, die Nadine. Schon immer. Aus der Schlagerkarriere ist dann doch nix geworden, obwohl der Möschl sie unter seine Fittiche genommen hat. Da war sie dann noch arroganter und hochnäsiger. Aber wie dann ihre erste Single gefloppt ist, hat sie zum Möschl in den Musik-Verlag gewechselt. Da ist sie dann zu seiner rechten Hand geworden und zum Liebkind der Linde. Vielleicht weil die keine eigene Tochter hat. Irgendwann ist die Nadine selber zu einer falschen Freundin geworden, so kommt es der Liesl jedenfalls vor. In ihren Augen macht sie das alles nur, weil sie auf diese Weise an ein Leben kommt, das sie sonst nie kriegen würde. Wie hat es der Möschl so schön formuliert, wie sie die beiden belauscht hat? „Ohne mich wärst du auch nur Servierpersonal." Da ist was dran. Ohne den Möschl würde die Nadine jetzt wohl hinter der Budl vom *Jägerwirt'n* stehen und nicht auf einer Showbühne. Und da steht sie auch nur, weil er tot ist.

Liesl schnappt sich die Post und einen Folder mit Werbung und sprintet die paar Stufen hinauf zum Eingang des *Jägerwirt'n*. Drinnen riecht's ganz schön abgestanden. Gehört dringend mal gelüftet, die Gaststub'n. Was ist denn da los? Auf den Tischen steht überall noch das dreckige Geschirr vom Leichenschmaus. Als hätte die Rita am Ende einfach die Türe zugesperrt und wäre schlafen gegangen. Hoffentlich ist nix passiert.

„Rita?"

Nach dem, was die Liesl erst kürzlich im Haus der Schambergerin erlebt hat, ist sie vorsichtig geworden. Das ständige In-Ohnmacht-Fallen ist anstrengend. Noch eine Leiche braucht sie nicht, bei aller Fahndungslust. Aber da kommt die Rita auch schon aus der Kuchl. Aussehen tut sie allerdings nicht viel anders als eine Leiche; Die Augen geschwollen und komplett verheult. Und die Trauerkleidung hat sie scheinbar auch noch nicht abgelegt, dabei ist die Beerdigung auch schon wieder eine Weile her. Begrüßen tut sie die Liesl aber so, als wäre es völlig normal, dass sie da jetzt mitten in der Gaststub'n steht: „Magst einen Kaffee?"

„Gerne."

„Gut, ich auch." Und schon steht sie bei der alten Siebträgermaschine und lässt beiden einen Kaffee runter. Nicht so ein George-Clooney-Gesöff. Nein, ein richtig guter, frisch gemahlener Kaffee. Liesl legt die Post auf die Theke.

Rita stellt ihnen den Kaffee hin. Sie hat wohl das Gefühl, dass es Liesl nicht viel besser geht als ihr: „Grad nicht so lustig, hm!?"

„Nein! In der Zeitung steht, dass ich schwanger bin. Vom Adam. Und seine Geliebte war. Die spinnen doch. Dürfen die das einfach schreiben?"

Liesl holt den Zeitungsausschnitt aus der Tasche und schiebt ihn Rita über die Theke. Die schaut drauf, als hätte sie es eh schon gelesen: „Die dürfen alles und tun alles. Aber wer weiß, vielleicht steckt ja die Linde dahinter."

„Was heißt das? Du meinst, die Linde hat es drauf angelegt?“

„Nur keine Presse ist schlechte Presse. Glaube mir, das ist noch harmlos.“

Rita mustert Liesl einen Moment, dann greift sie zu ihren Zigaretten und zündet sich eine an.

Liesl schaut sich um: „Ist da nicht Rauchverbot?“

„Eh. Aber manchmal ist das da kein Gasthaus, sondern ein Wirtshaus. Und jetzt grad ist es ein Wirtinnenhaus.“ Rita nimmt einen tiefen, nachdenklichen Zug. „Was soll's. Ich hab lange genug die Papp'n gehalten. Jetzt gibt's keinen Grund mehr. Wenn du willst, gehen wir zwei zur Zeitung und zahlen es der Furie heim.“

„Jetzt hast mich aber neugierig gemacht.“

„Geh, das warst du doch schon immer. Wenn den Adam wer in den Tod getrieben hat, dann war sie das und nicht du. Er wollte nicht an die Algarve, glaube mir. Das war der reinste Horror für meinen Adam. Und seine Show hat er auch nicht freiwillig aufgegeben. Das war alles nur sie. Aber dafür hat sie jetzt schwer daran zu knapsen, dass meine Nadine die Sendung übernommen hat und nicht ihr kleiner Holzwurm. Das gönne ich ihr.

„*Deinen* Adam?“

Rita drückt gelassen ihre Zigarette im übervollen Aschenbrecher aus und zündet sich gleich die nächste an. „Was hätte ich dafür gegeben, wenn damals über mich so ein Artikel in der Zeitung gestanden wäre. Dann wäre heute alles anders. Aber das hat sie zu verhindern gewusst.“

Liesl ahnt langsam was Sache ist: „Die Nadine ist Adams Tochter?“

Rita nimmt in aller Ruhe einen Zug und lässt sich Zeit mit der Antwort: „Un- und außerheliche! Das durfte keiner wissen. Das wäre ja schlecht fürs Image gewesen. Jahrelang hat er sie kleingehalten. Dabei war sie hundertmal talentierter als sein

John-Boy. Und dann sollten wir auch noch dankbar dafür sein, dass er der Nadine einen Job gegeben hat. Die Linde hat schon drauf geschaut, dass das Madl nicht zu groß wird. Aber sie ganz raushalten, ging halt doch nicht."

So kann man sich irren, denkt Liesl. Vielleicht hat sie sich jahrelang ein falsches Bild von der Zicke gemacht. „Und wie lange lief das mit dir und dem Adam?"

Bei der Frage kann die Rita nur lachen. Sie dreht sich um und greift nach dem Himbeerschnaps von der Schamberger. „32 Jahre, vier Monate und drei Tage, wenn du es genau wissen willst."

Liesl ist jetzt echt sprachlos und froh, dass vor ihr ein Schnaps steht. Weil genau den braucht sie jetzt: „Das lief die ganzen Jahre nebenher?"

Wieder schweigt Rita eine Weile, was wohl so viel wie „Ja" heißt. Erst nach dem nächsten Schnaps redet sie weiter: „Die Algarve war die ultimative Rache an mir. Das ist der wahre Grund, warum sie da hinwollte. Weil sie genau wusste, dass sie mich dann los wäre. Aber da hat ihr der Klapperstorch einen Strich durch die Rechnung gemacht."

In Liesls Kopf rattert es. Sie versucht, trotz der Himbeerinfusion die Zusammenhänge herzustellen. Wenn sie sich nicht komplett irrt, war es also die Rita, die der Linde den Storch ins Herz gerammt hat.

„Du?", fragt sie nach einer langen Pause.

Jetzt schweigt Rita schon wieder. Langsam wird es mühselig. Aber diesmal schweigt sie anders als vorher. Diesmal hat's keinen dramatischen Spannungsaufbau mit einer Pointe. Urplötzlich kippt die Stimmung und Liesl weiß nicht, warum. Hat sie was Falsches gesagt? Oder hat sie genau das Richtige gesagt?

„Ich sollte dann mal wieder was tun. Und du sicher auch." Und schon dämpft Rita ihre Zigarette aus, stellt den Himbeergeist zurück und die Kaffeetassen in den Spüler. Liesl versteht und lehnt sich über die Theke, um die Post drunterzuschieben. Da, wo sie immer liegt. Auf einmal hält sie inne. Auf dem ungeöffneten Haufen liegt eine Glückwunschkarte, die ihr irgendwie bekannt vorkommt. Aber bevor sie sie sich anschauen kann, hat die Rita sie auch schon unter die Werbung geschoben. Als hätte sie was zu verbergen, kommt Liesl vor. Mit einem harschen „Pfiati" ist wohl alles gesagt.

Liesl deutet auf das Chaos: „Muss ja mächtig was los gewesen sein. Gut, dass der Walter dich so spät am Abend noch mit ein paar Lebensmitteln ausgestattet hat."

„Was hat der? Davon weiß ich nix."

„Ach so. Na, dann muss ich wohl was falsch verstanden haben. Passiert mir ja oft."

„Die Post. Ein einziges Missverständnis."

Liesl hat nix übrig für so blöde Witze. Das ist gegen ihren Berufscodex. Aber sie lacht trotzdem. Aus Höflichkeit. Obwohl sie in solchen Momenten gern sagen würde: „Weißt was, hol dir deine Post doch selber ab." Aber dann lässt sie es doch bleiben.

Liesl geht auf ihre Postkutsche zu. Wenn sie gewusst hätte, dass sie so lange bleibt, hätte sie doch den Motor abgeschaltet. Rita erscheint in der Türe und zündet sich erst mal eine Zigarette an. Sie scheint es nicht eilig zu haben mit dem Aufräumen. Da fällt Liesl noch was ein, was sie interessieren würde. Sie ist sich nicht sicher, ob die Nadine und die Rita sich so gut verstehen und ob da nicht eine gewisse Eifersucht auch herrscht, zwischen der Rita und der Linde. Sie fragt einfach einmal und schaut dann, welche Antwort daherkommt.

„Sag, was mich brennend interessieren würde, ich hab rein zufällig gestern das *Musi-Paradies* geschaut und mich gewundert, dass die Nadine das jetzt moderiert. Das ist ja eine Freude. Wie hat sie das denn geschafft?" Liesl hat sich wirklich bemüht, nicht zynisch zu klingen. Dürfte ihr nicht wirklich gelungen sein, sonst hätte die Rita nicht gleich ihre halbe Zigarette ausgetreten, „Mit Talent. Wie denn sonst!?“ geantwortet und wäre in ihrem Wirtinnenhaus verschwunden.

Frau Kollegin

Liesl beschleunigt auf der lang gezogenen, leicht abschüssigen Kurve rauf auf einen 70er, schaltet kurz vor der Stöttlbachbrücke einen Gang runter und dreht den Motor in den roten Bereich. Gleich kommt die Kuppe. Verdammt. Das wäre der perfekte Sprung. Aber im letzten Moment geht sie vom Gas und bremst ab. Der Brenner Rudi fährt gerade mit seinem Traktor und einem Pflug hinten dran über seinen Acker und richtet den Schaden wieder gerade, den sie angerichtet hat. Wäre wohl eher kontraproduktiv, genau in dem Moment an ihm vorbeizufliegen oder, noch schlimmer, wieder im Acker notzulanden, gleich neben seinem Traktor. Also fährt sie freundlich grüßend an ihm vorbei, als wüsste sie von nichts. Und der Rudi grüßt sowieso nicht zurück. Das ist ein gutes Zeichen. Wenn er herschauen würde zu ihr, dann würde er was wittern. Aber so ist er wie immer, ein unfreundliches Arschloch. So kennt man ihn und so mag man ihn. Auf ein paar Dinge in Öd ist eben doch noch Verlass.

Liesl bremst sich vor der Praxis ihrer Freundin ein. Im Wartezimmer sitzen die üblichen Verdächtigen. Noch bevor Sylvia sie aufhalten kann, stürmt sie auch schon an ihr vorbei zum Behandlungsraum. Sie hört gerade noch Sylvias Mezzosopran: „Ähm, das ist jetzt blöd …“, wie sie die Türe aufstößt und die Frau Doktor und den Herrn Postenkommandanten in einer höchst interessanten Position auf der Patientenliege erblickt.

Aus irgendeinem Grund hat das Universum Einsicht mit den Dreien und drückt auf die große Pausetaste. Niemand bewegt sich. Zeit für Liesl, sich zu fragen, welche Stellung das jetzt ist und was wohl die richtigen Worte sind, um den Ausgang aus dieser verfänglichen Situation zu finden. Sie entscheidet sich für: „Vorschlag: Ich gehe noch mal raus und komm noch mal rein und ihr entscheidet selbst, was für euch das Beste ist.“

Sie schließt sanft die Türe und zählt bis zwölf. Sie versucht, die üblichen Verdächtigen im Wartezimmer zu ignorieren. Das ist wohl im Moment die sinnvollste Lösung für alle Beteiligten, es sei denn, Barbara will ihre Stammpatienten an ihren Ex-Mann verlieren, der gerade im Behandlungsraum gegenüber ordiniert. Zwölf. Jetzt sollte es wieder gehen, denkt sie und klopft so harmlos und unverfänglich an die Türe, wie man nur eben klopfen kann. Aus dem Inneren vernimmt sie die nicht minder harmlose Stimme ihrer Freundin Barbara: „Herein!"

Liesl öffnet sachte die Türe. Und siehe da, die Frau Doktor sitzt gesittet hinter ihrem Schreibtisch und der Herr Postenkommandant davor. Wenn es ihnen noch gelungen wäre, ihre Hosen zu schließen, wäre die Übung gelungen. So wird es leider Punkteabzug geben müssen.

„Liesl, das ist aber eine Überraschung! Was führt dich her? Ich habe gerade dem Herrn Inspektor erzählt, was du für eine aufmerksame und diskrete Person bist."

„Oh, das ist aber nett. Grüß Sie, Herr Inspektor. Sie auch hier? Darf ich kurz stören?"

„Aber Lieselotte, Sie stören doch nie. Wir haben gerade nichts Besonderes vor."

Liesl hält es für sinnvoller, die Türe zu schließen, bevor der Herr Doktor von Gegenüber die richtigen Schlüsse zieht.

Kaum hat sich der Vorhang gesenkt, ist das Theater auch schon vorbei: „Also, was ist so dringend, Liesl?"

„Ich glaube, ich weiß jetzt, wer den Storch bei den Möschls in den Garten gerammt hat."

„Echt?", fragt Barbara neugierig.

„Und zwar?", fragt Magnus gereizt.

Liesl versucht, es so spannend zu machen wie die Rita vorhin bei ihr. Sie schaut die beiden schweigend an.

„Was ist jetzt?" Barbara kennt sich nicht aus. „Hast du eine Gesichtslähmung, oder was?"

„Hab ich grad von der Rita gelernt. Die schaut einen auch nur an, ohne zu antworten."

„Die Rita war es?"

„Woher weißt du das?"

„Naja, wenn du gerade bei der Rita warst, wer sonst?"

„Habt ihr gewusst, dass die 32 Jahre, vier Monate und drei Tage lang ein Verhältnis mit dem Adam Möschl gehabt hat und die Nadine die Tochter von den beiden ist?"

„Wow!", haucht eine beeindruckte Barbara.

„Das ist tatsächlich interessant", muss selbst Magnus eingestehen.

„Ich schwöre euch, sie war das, weil sie nicht wollte, dass der Adam mit der Dietlinde in die Algarve zieht."

„An."

„Hm?"

„An die Algarve, nicht in die Algarve."

„Sie sind aber schon ein kleiner Klugscheißer, Herr Tröger."

„Eher ein großer. Sie wollen also damit sagen, dass Rita Jäger darauf spekuliert hat, dass Dietlinde ihren Mann nach dem Eklat mit dem Storch rausschmeißt."

Barbara kombiniert nun ebenfalls: „Und dann hat sie gehofft, dass er zu ihr zieht und sich endlich zu ihr bekennt."

Jetzt hakt Liesl wieder ein: „Hat er aber alles nicht getan. Und wisst ihr, womit ich sie überführt habe? Mit einer Glückwunschkarte. Miss Marple ist ein Schas dagegen."

„Toll recherchiert. Kompliment."

„Sie können die Rita Jäger verhaften, Herr Kollege. Ich überlasse Ihnen den Ruhm und das Rampenlicht. Hauptsache, ich konnte wieder einmal der Gerechtigkeit dienen."

„Danke! Das ist wirklich sehr selbstlos von Ihnen, Lieselotte! Nur ... das ist alles nicht strafbar. Einen Klapperstorch in einen englischen Rasen rammen, ist noch kein Kapitalverbrechen. Da geht sich höchstens eine Besitzstörungsklage aus. Und es ändert auch nichts daran, dass Adam Möschls Tod nur ein tragischer Unfall war."

„Ist das Ihr Ernst?"

„Absolut."

„Sie verstehen es wirklich, jemanden aufzubauen, Herr Inspektor."

„Sorry, aber das ist nicht mein Job. Ich bin Polizist und kein Psychiater. Und Sie sind Postbotin und keine Polizistin."

„Was wollen Sie damit sagen?"

„Dass Sie sich vielleicht besser auf Ihre Kernkompetenz, das Briefe-Austragen, konzentrieren sollten. Das schlägt weniger auf die Psyche."

Draußen vor der Praxis steigen beide in ihre Fahrzeuge. Liesl ist ziemlich niedergeschlagen. Das geht an Magnus nicht spurlos vorbei. Er ist ja kein Unmensch, er ist nur Polizist.

„Wenn es wirklich die Rita war ..."

„Es war die Rita! Aber ist ja auch egal. Ist ja nicht strafbar. Ich hab's verstanden. Mich ärgert nur, dass alle Leute glauben, ich war das."

„Das verstehe ich. Nur, sollten Sie sich dann nicht fragen, wie die Frau Jäger an Ihr Postlerg'wand gekommen ist? Die Frau auf dem Video muss ja dann die Rita gewesen sein."

„Das hat sie halt gestohlen."

„Und wie?"

Hm, der Mann hat wieder mal recht. Liesl neigt dazu, die Dinge nicht zu Ende zu denken. Sie will sich jetzt aber auch keine Blöße geben: „Keine Ahnung. Vielleicht hat sie das Zeug irgendwo im Internet bestellt."

„Möglich. Aber warum hat sie Ihnen das dann erzählt? Alle glauben, dass Sie es waren – und das kann der Rita nur recht sein. Das ergibt keinen Sinn."

Verdammt, so blöd ist der Tröger gar nicht. Das heißt aber

nicht, dass man ihn das spüren lässt. Liesl entscheidet sich fürs Dagegenhalten: „Das ganze Leben ergibt keinen Sinn. Ich verlass mich auf mein Gespür und mein Gespür sagt mir, dass sie es war."

„Alles gut und schön, aber echte Kriminalisten verlassen sich auf Beweise und die Beweise reichen nun mal nicht aus. Schönen Tag noch, *Frau Kollegin*."

Und schon ist er weg. Er hat „Frau Kollegin" gesagt. Diesmal ganz ohne zynischen Unterton. Ein klein bisschen hat Liesl sogar das Gefühl, dass er das alles nur gesagt hat, um ihr zu helfen. Als wolle er ihr auf die Sprünge helfen und sie darin bekräftigen, nicht aufzugeben. So ein Arsch ist er gar nicht. Es muss ja einen Grund geben, warum ihre Freundin Barbara sich auf ihn eingelassen hat. Mal abgesehen vom Körperlichen.

Genau jetzt kommt ein perlmuttweißer SUV daher. Das kann nur der von der Dietlinde sein. Die ist aber auffallend oft beim Arzt. Die Frau Doktor hüllt sich natürlich in Schweigen. Liesl findet ja, dass die ärztliche Schweigepflicht unter Freunden aufgehoben werden sollte. Und wer sitzt hinterm Steuer? Eh klar. Liesl bleibt demonstrativ bei ihrem Auto stehen. Die Nadine muss der Linde beim Aussteigen helfen. Die kann ja kaum gehen. Komisch. Liesl ist jetzt schon schwer versucht, rüberzurufen, was sie weiß. Aber vielleicht sollte sie doch erst einmal fertig recherchieren und nicht gleich wieder in den nächsten Fehler tappen. Gute Entscheidung. Genau so macht sie es. Und schon hockt sie in ihrer Kutsche und ist die Wolke. Sollen die ihr doch blöd hinterherschauen. Sie ist die Liesl von der Post und wer was anderes behauptet, lügt.

Die Liebe ihres Lebens

Meistens legt die Liesl ihre täglichen Runden so, dass sie ganz am Ende das Seniorenheim anfährt. Damit sie ein bissel Zeit zum Tratschen hat und nicht gleich wieder weg muss. Und am liebsten tratscht sie mit der Gerda. Unter dem schönen Kastanienbaum vorm Eingang. Da geht eine Bank rundherum und das ist fein, da können sie der Sonne entweder entgegen- oder davonrücken. Aber heute ist ihr nicht so nach Reden. Das merkt natürlich auch die Gerda, die für ihre über 90 Jahre noch ziemlich rüstig ist. Die Gerda ist übrigens die ledige Mama vom Mike Donath. Seit die Liesl keine Eltern mehr hat, redet sie immer wieder einmal mit ihr übers Leben und die Liebe und was sonst so anfällt.

Zu Weihnachten bringt sie Gerda immer ein Packerl mit Wiener Gebäck und behauptet, dass es von Gerdas großer Liebe höchstpersönlich ist. Davon redet die Gerda nämlich gern. Dass sie ihre große Liebe „ums Arschlecken“ verpasst hat, wie sie einmal dem Zug nach Wien am Bahnsteig hinterhergerannt ist. Ein unglaublich fescher Mann hat aus dem Abteilfenster gelugt und gerufen: „Du schaffst es, du schaffst es!“ Immer wieder hat er es gerufen. Die Waggontüren waren zwar schon zu, aber sie ist trotzdem gerannt und gerannt und der Zug ist gefahren und gefahren und ihre große Liebe hat gerufen und gerufen. Und dabei hat er ihr aus dem Fenster mit einem Taschentuch gewunken und gewunken. Und wie der Zug fast schon aus dem Bahnhof draußen war, hat er das Taschentuch losgelassen und es ist auf sie zugeflogen wie ein zahmer Kanarienvogel. Das ist das Einzige, was ihr geblieben ist. Das Taschentuch ihrer großen Liebe. Und das hat sie heute noch. Und weil die Liesl jedes Mal heulen muss, wenn ihr die Gerda die Geschichte erzählt, bringt sie ihr jedes Jahr zu Weihnachten ein Packerl Wiener Gebäck. Auch wenn sie weiß, dass die

Gerda jedes Mal ein anderes Taschentuch aus ihrer Handtasche zieht und behauptet, dass es das „Originaltaschentuch von 1956“ ist, das „wie ein Kanarienvogel in meiner Hand gelandet ist“.

„Heute bist aber nicht sehr gesprächig, Liesl.“

„Ich weiß. Es läuft gerade alles nicht so, wie es laufen sollte.“

„Ich hab schon gehört. Meine Ohren sind ja noch astrein, im Gegensatz zu meine’ Augen. Und was ist dran an den ganzen G’schichten?“

„Nix. Gar nix. Ich hab von all dem nix getan, aber alle schauen mich an, als wäre ich eine Schwerverbrecherin.“

„Ja. So schnell kann’s gehen. Mir ist es auch einmal so ergangen. Wie ich mit dem Mike schwanger war.“

„Ach so?“

„Ich war 42 und noch immer ledig. Nachdem ich meine große Liebe verpasst hab, hab ich eine Weile kein Interesse mehr gehabt an den Mannsbildern.“ Gerda greift in ihre Handtasche, zieht ein Taschentuch raus und schnäuzt sich erst einmal kräftig. Was sich da jetzt wohl ihre große Liebe denken würde, fragt sich Liesl. Aber da redet Gerda schon weiter: „1974 war das noch was anderes. In so einem kleinen Dorf haben ja gleich einmal alle Frauen ihre untreuen Ehemänner verdächtigt. Aber ich hab’s 50 Jahre lang für mich behalten.“

„Der Mike glaubt, dass der Möschl Adam sein Vater war. Wahrscheinlich, weil’s was zu erben gibt“, verrät Liesl der Gerda, die schon lange keine Zeitung mehr liest.

Gerda muss lachen. Ein Wunder, dass sie nicht auf ihre alten Schenkel klopft: „Wirklich wahr?“

„Ja. Er behauptet, dass der Möschl es ihm an seinem Geburtstag gebeichtet hat.“

„Ah, so ein Schmarrn. Ich verrate dir was, Liesl. Die eifersüchtigen Weiber haben schon recht gehabt. War eine spaßige

Zeit damals. Weißt, wenn du so wie ich bereits in jungen Jahren den Richtigen verpasst hast, dann bleibt dir nur noch eins übrig: sich eine schöne Zeit mit den Falschen zu machen.“ Gerda kichert in sich hinein.

„Und wer ist jetzt wirklich der Vater vom Mike?“

„Der Garhammer Michael. Gott hab ihn selig“, bekreuzigt sich Gerda.

„Was? Der alte Postenkommandant!?“

„Ja. Das Schicksal treibt schon seinen Spaß mit uns. Wenn ich dran denk, wie oft der seinen eigenen Sohn verhaftet hat. Der Mike war ja schon immer ein charakterliches Inferno.“

„Deshalb heißt der Mike Mike.“

„Den Spaß hab ich mir gegönnt. Der Michael hat ja kein Englisch können. Seine Frau schon. Die war Mikes Lehrerin in der Volksschule. Vielleicht ist er ja deshalb ständig sitzen blieben.“

„Und der Garhammer hat’s nie erfahren?“

„Oh ja, aber erst drei Minuten vor seinem Tod. Da hab ich’s ihm ins Ohr geflüstert. Das Gesicht hättest sehen sollen.“

„Wann war das?“

„Vor ein paar Tagen. Der war ja auch da inhaftiert im Seniorengefängnis. So wie ich.“

CSI-ÖD

Liesl weiß genau, was sie jetzt zu tun hat. Sie hat erst einmal eine Nacht drüber geschlafen und alle Informationen verdaut und zerkaut. Vielleicht knirscht sie ja deshalb in der Nacht immer mit den Zähnen, wie der Didi immer behauptet, weil sie ihre vielen Gedanken im Schlaf verarbeiten muss. Schon gut möglich. Ihr Zahnarzt hat ihr eine Plastikspange empfohlen, die sie nachts tragen soll. Weil sie sonst in ein paar Jahren keine Zähne mehr hat.

Vielleicht sollten die Menschen eher weniger Verbrechen begehen, wie wäre es damit? Dann müsste sich die Liesl nicht die ganze Nacht um die Ohren reiben. Egal. Sie weiß jedenfalls, was sie heute als Erstes tun wird, nachdem sie Roswithas und Susi Gerede über sich hat ergehen lassen. Obwohl, das ist ja nicht ganz richtig. Während Susi ihr ständig irgendwelche penibel ausgeschnittenen und mit einem fetten Edding markierten Zeitungsausschnitte neben den Handheld legt, schweigt Roswitha demonstrativ. Wie das Oberste Gericht, das selbst ernannte. Basta-Roswitha, die höchste Öder Moral-Instanz. Klar, wenn man nie Sex hat, ist es leicht, die Moral-Keule zu schwingen. Dabei ist es nicht zu übersehen, wie sie dem Walter schöne Augen macht, seitdem seine Franziska in Untersuchungshaft sitzt. Für Liesls Empfinden kommt die Roswitha dem Walter bedrohlich nah. In aller Nah & Frische. Und dem Walter scheint es zu gefallen.

Eigentlich weiß die Liesl nichts von der Roswitha, komisch eigentlich, obwohl sie doch täglich miteinander zu tun haben. Die Liesl weiß nur, dass die Roswitha und der Brenner Rudi in jungen Jahren einmal einander versprochen waren. Ja, so hat das damals geheißen, in den späten 70ern des vorigen Jahrhunderts. Jedenfalls waren sie verlobt. Mit 21. Und dann hat die Roswitha die Verlobung aufgelöst, gegen den Willen ihrer Eltern und gegen den Willen vom Rudi. Irgendwas muss damals vorgefallen sein. Irgendwie hängt da auch noch die Schwester vom Rudi mit drin. Aber darüber redet im Ort keiner. Die Liesl weiß nur, dass die Roswitha seither Basta-Roswitha heißt und allein lebt und der Brenner Rudi lieber mit den Viechern spricht als mit seiner Schwester oder irgendeinem anderen Menschen.

Liesl lädt die Briefe und die Packerln in ihre Kutsche und lässt die Post-Moral-Stelle hinter sich. Durch Öd durch, den langen Toni ignorierend, an der Wasserstelle vorbei – so nennt sie immer die Diskont-Tanke am Ortsausgang –, dann rechts abbiegen auf die Hauptstraße, an der Schottergrube vorbei und weiter in Richtung *Inferno*. Jetzt kommt gleich der Schranken. Vor einer Woch'n hat sie da noch eine Vollbremsung hingelegt, wie sie das Wohnmobil vom Möschl gesehen hat. Und jetzt ist er tot. So schnell kann's gehen. Diesmal ist der Schranken unten. Und abgesperrt sicher auch. Was die Liesl so gehört hat, hat der Brenner Rudi seine Schwester, der die Schottergrube gehört, anonym angezeigt. Wenn der Schranken abgesperrt gewesen wäre, wäre das ganze Unglück nicht geschehen. Wieder einer, der sich als Moral-Instanz aufspielt. Dabei will er seiner verhassten Schwester nur eins auswischen. Die Welt ist schon komisch. Alles selbst ernannte Sherriffs. Aber vielleicht ist sie ja auch so eine. Zumindest sowas wie ein *Investigation Deputy*.

Da kommt schon das *Inferno*. Nicht zu übersehen. Oben auf dem Flachdach hängt eine riesige Discokugel in einem verrosteten Gestell. Wie ein überdimensionaler Globus, auf den wer mit der Hand viele kleine Spiegel geklebt hat. Früher hat sich das Ding auch noch gedreht. Und drüber, halbrund und in riesigen, angeschweißten Lettern stand mal *DISCO INFERNO*. Blau und rot blinkend. Die ganze Nacht. Der Name steht immer noch da, bis aufs *O*, das liegt jetzt flach am Flachdach, sodass man es nur sieht, wenn man oben draufsteht. Aber wer tut das schon? Und leuchten tut da schon lange nix mehr.

Mikes Chevrolet Camaro steht direkt davor. Sehr gut, denkt Liesl. Sonst hätte sie weiter zum Haus vom Bernhard fahren müssen. Sie biegt von der Hauptstraße auf den großen Parkplatz ab.

In den verstaubten Schaufenstern hängen noch die alten Poster. Mike war nicht nur sein eigener DJ, nein, es gab auch Laser-Shows mit *The Master of Inferno* oder einer *Mister-&-Miss-Inferno*-Wahl oder einen *Inferno-Contest* oder ein *Karaoke-Inferno*. Und auf jedem von den Plakaten ist Mike drauf, mal mit einem Laserschwert, dann wieder mit einem Mikro. Aber immer mit Föhnwelle. Damals war das cool. Da hat er seine Haare auch noch nicht gefärbt.

Gerade wie Liesl mit einem Packerl Mahnungen auf den Eingang zugeht, kommt Mike aus der Disco: „Liesl!? Bringst mir wieder einmal ein paar Rechnungen?"

„Du hast es erraten, Mike."

„Geduld, in Kürze kann ich das alles zahlen."

„Ach ja, du erbst ja bald."

„Genau."

„Ich war gestern bei deiner Mama. Die erzählt ganz was anderes. Aber das soll sie dir selber sagen."

„Die ist blind und dement."

„Hatte ich nicht den Eindruck."

„Die kann sich gut verstellen. Ich hab das alles schwarz auf weiß. Vom Adam höchstpersönlich, wo er mir bestätigt, dass er mein Papa ist … war …", antwortet Mike, hilflos durchs Grammatik-Inferno tastend.

„*War* ist schon richtig. Wenn er lebt, heißt es *ist*. Wenn er tot ist, dann heißt es *war*. Ist nicht so schwer."

„Du *warst* wohl auf der Post-Akademie, Liesl."

„Ja. Da hab ich unter anderem auch Rechnen gelernt. Wie du auf die Welt gekommen bist, war die Gerda 42 und der Adam 15."

So leicht gibt sich Mike nicht geschlagen: „Noch nie was vom Lolitus-Effekt gehört?“

„Du solltest vielleicht bald einmal mit deiner Mutter reden, damit ihr euch vor Gericht nicht widersprecht, wenn die Dietlinde dich wegen übler Nachrede verklagt.“

„Das wird sie nicht. Du wirst schon sehen.“

„Was ich so gehört hab, haben sich gleich noch ein paar Leichenfledderer gemeldet. Und alle behaupten, der Adam wär ihr Vater gewesen.“

„Die Menschen sind so pietätlos, das ist wirklich geschmacklos.“

„Besser könnte man es nicht formulieren, Mike. Das reinste Pleonasmus-Inferno.“

„Ist das eine Beleidigung?“

„Nein, Mike, das ist nur doppelt gemoppelt. Ich wollte einfach nur auf Nummer sicher gehen und mir bestätigen lassen, was mir deine Mama gestern erzählt hat.“

„Und?“

„Sie hat recht. Du bist ein einziges großes Charakter-Inferno.“

„Es ist besser, du schleichst dich jetzt. Sonst zeige ich dich an. Da ist Parkverbot.“

Liesl schlendert zu ihrem Auto. „Eine Frage hätte ich noch. Die Polizei hat gesagt, dass du und der Adam noch kurz vor seinem Tod telefoniert habt.“

„Und?“

„Worüber habts ihr da so geredet?“

„Wenn sich Vater und Sohn 50 Jahre nicht gesehen haben, dann gibt’s genug Gesprächsstoff, glaube mir.“

„Oder wollte er sich umbringen, weil er es nicht gepackt hat, dich zum Sohn zu haben?“

„Sehr lustig, Liesl. Haha! Von dir lass ich mich nicht aufs Glatteis führen und aus der Räson bringen. Es war ein Unfall.“

„Wieso, weil die Versicherung bei einem Selbstmord nicht zahlt?“

„Das musst du seine Witwe fragen.“

„Bin schon gespannt aufs Testament“, lächelt Liesl vielsagend und fühlt sich dabei wie ein *Chief Inspector* von *CSI-ÖD*. Taktische Verhörführung nennt sich das.

Im Rückspiegel spürt sie regelrecht, wie es in ihm arbeitet, so starr wie der Mike im Staub stehen bleibt, den sie gerade strategisch klug aufgewirbelt hat. Und das nicht nur symbolisch.

Liesl hat keine Ahnung, *wie* Barbara das alles schafft. Sie muss das ja schon in der Früh vorbereitet haben, bevor sie in die Praxis gefahren ist. Und einen Liebhaber hat sie jetzt auch noch an der Backe oder an der Brust oder bestenfalls zwischen den Schenkeln. Daran will Liesl gar nicht denken, sonst kommt sie noch in die Verlegenheit, ihre Freundin zu fragen, was für eine außergewöhnliche Stellung die Frau Doktor und der Herr Postenkommandant kürzlich auf der Patientenliege verübt haben.

Liesl hält ihre nackten Füße in den Badesee. Sie liebt Rituale. Und eins davon ist *Mittagspause am Steg mit der besten Freundin.* Sollte sie sich patentieren lassen. Heute gibt es Rosmarin-Focaccia-Sandwich mit Mandelfrischkäse, Kresse und Caponata. Klingt schon gut. Und schmecken tut's noch besser. Barbara hat ihr zwar das Rezept geschickt, aber so gut kriegt sie das sowieso nie hin. Auberginen sind auch drin. Die hätte sie zur Not im Garten. Oder der Walter hat sicher auch welche im Nah & Frisch.

Liesl ist mächtig stolz auf sich. Sie hat Barbara gerade erzählt, wie sie den Mike in die Zange genommen hat. Das freut Barbara natürlich. Immerhin schläft der Arsch jetzt in ihrem Bett. Andererseits wollte sie auch nicht mehr in diesem Bett schlafen und in diesem Haus wohnen und diesen Mann lieben, der jetzt Mike liebt. Das Leben ist kompliziert und irgendwie auch wieder ganz einfach und schön. Spätestens, wenn man an einem schönen Sommertag seine nackten Füße ins kühle Nass halten und in eine wahnsinnig knusprige Focaccia beißen darf, die nach Italien schmeckt. Auch wenn die Liesl noch nie in Italien war, kann sie sich durch einen einzigen Bissen alles vorstellen. Das Meer, den Strand, die feschen Italiener und die vielen Deutschen, die schon vorm Frühstück ihre Liegen mit einem Handtuch reservieren. Warum also nach Italien fahren, wenn sie hier am Öder Badesee das auch alles haben kann, ganz ohne Touristen.

„Danke, Barbara, das Sandwich ist fantastico.“

„Gerne!“ Barbara hockt neben Liesl am Steg und schaut zufrieden auf den See.

„Kannst du vielleicht mal was typisch Portugiesisches machen?“

„Klar, wieso?“

„Weil ich da noch nie war.“

„Liesl, du warst noch nie irgendwo.“

„Eh, aber mit deinem Essen komm ich überall hin. Ein Bissen und ich bin in Italien oder in Mexiko oder Thailand.“

„Danke, das ist ein schönes Kompliment. Wie wäre es mit Sardinhas assadas? Das ist ganz einfach. Gegrillte Sardinen mit Maisbrot und viel Olivenöl.“

„Klingt gut.“

„Wieso gerade Portugal? Aber nicht, weil die Möschls an die Algarve ziehen wollten, oder?“

„Die hatten alle Möglichkeiten, um ein glückliches Leben zu führen. Und haben es verbockt. Ich möchte einfach mal den Geschmack von Portugal auf der Zunge spüren, um ein Gefühl dafür zu bekommen, wie blöd man sein kann.“

Da ist was dran, denkt Barbara und beißt genüsslich in ihre Focaccia. Die Menschen haben schon ein Talent dazu, in ihr eigenes Paradies zu scheißen.

Liesl scheint noch was anderes zu beschäftigen: „Ist das jetzt was Ernstes zwischen dir und dem Herrn Inspektor?“

„So ernst wie wilder Sex auf einer Patientenliege sein kann.“ Die beiden Freundinnen müssen herzlich lachen. Barbaras Miene verfinstert sich: „Ich hoffe, du kannst hier drüber auch lachen.“ Sie zieht ihr Handy aus der Tasche und hält es Liesl hin. „Irgendwer hat das Überwachungsvideo online gestellt.“

„Was?“ Liesl reißt Barbara das Smartphone aus der Hand. „Wer war das? ‚Wenn's wirklich wichtig ist, dann lieber mit der Post.‘“ Sie blickt ihre Freundin entsetzt an: „Die ganze Welt lacht über mich!“

„Die ganze Welt vielleicht nicht, aber zumindest 536 Leute“, Barbara deutet auf die Clicks unter dem Video.

„Ist das viel?“, fragt Liesl schwer verunsichert.

„Bei circa 8 Milliarden Weltbevölkerung eher nicht“, antwortet Barbara beruhigend.

„Die Welt ist mir wurscht. Nur Öd zählt. Und das hat exakt 999 Einwohner. Wenn es davon 536 Leute gesehen haben, dann ist das mehr als die Hälfte der Ödbevölkerung. Blödsinn, 997! Der Adam Möschl und der alte Garhammer sind ja vorgestern gestorben.“

„Der Garhammer ist auch tot? Wieso hat mich da keiner angerufen? Irgendwer muss doch den Totenschein ausstellen.“

„Das macht jetzt offenbar alles dein Ex.“

„Der Arsch.“

Liesl starrt aufs Video und versucht, näher heranzuzoomen, in der Hoffnung, irgendeinen Hinweis zu entdecken: „Vielleicht war es die Nadine. Die hatte auch allen Grund, den Alten loszuwerden. Ich glaube, ich werde der einmal einen Brief schreiben. Einen eingeschriebenen.“

„Und was steht da drin?“

„Nix. Es geht nur darum, dass ich einen Grund hab, bei ihr anzuklingeln.“

Barbara blickt kurz auf ihre Uhr: „Ich muss los. Meine Patienten warten.“ Sie steht auf und packt ihr Zeug zusammen.

Liesl blickt sie scheinheilig an: „Apropos. Die Dietlinde war schon wieder bei dir in der Praxis. Geht's der nicht gut? Ich meine, ich weiß, der geht's nicht gut im Sinne von ‚Geht's dir eigentlich noch gut?‘, aber mal davon abgesehen, hab ich das Gefühl, der geht's nicht so gut.“

Barbara wittert sofort den Braten: „Vergiss es, Liesl. Ich sag's dir nicht. Arztgeheimnis. Egal, wie blöd du fragst."

„Okay, okay, es war einen Versuch wert."

Barbara stapft über die Liegewiese zu ihrem Fahrrad. Vom Steg ruft Liesl ihr hinterher: „Spielverderberin!"

Barbara klemmt den Picknickkorb auf den Gepäckträger ihres Radls und blickt mit einem Hauch von vorauseilender Schadenfreude zu Liesl: „Aber wenn du mit der Nadine reden willst, das kannst du auch leichter haben. Das Einzige, was du brauchst, ist Ausdauer. Viel Ausdauer!"

Atemlos durch den Kurs

Sie ist einfach nicht dafür gemacht. Immer wieder rutscht ihr der blöde Gummiball zwischen den Schenkeln davon. Und dann soll sie auch noch in die Knie gehen und wieder rauf und wieder runter und wieder rauf, und das alles mit diesem lätscherten Gummiball zwischen den Haxen, und die anderen Weiber machen der blöden Kuh da vorne alles nach, als wäre nix dabei. Das schaut aus wie ein Haufen Schwangere, die gerade im Stehen einen Gummiball zur Welt bringen. Merken die denn nicht, wie blöd das ausschaut?

„ICH HASSE DAS", würde Liesl jetzt wahnsinnig gern schreien, aber sie schreit es nicht, weil sie sowieso schon von allen gehasst wird, seit das blöde Video online ist. Und außerdem geht neben ihr gerade die Barbara in die Hocke und eine Reihe weiter die Nadine und die Blöße gibt sie sich sicher nicht, auch wenn sie schon komplett außer Atem ist und sie nicht einmal Luft für ein Komma (geschweige denn für einen Punkt hat) und jetzt flutscht ihr schon wieder dieses scheiß Gummigeschoss davon. Schwitzen die alle nicht, verdammt!?! Die präpotente Nadine kann es natürlich am besten von allen. Die ist sogar geschminkt! Fehlt nur noch ein Trapez und sie geht glatt als die neue Helene Fischer durch. Atemlos durch den Kurs. Atemlos kann die Liesl allerdings auch. Sogar am besten von allen. Wie die anderen längst schon unter der Dusche stehen, liegt sie noch immer auf der stinkerten Isomatte. Vielleicht ist sie ja unterm Hüpfen in ein Zwischen-Koma gefallen und hat es nicht bemerkt. Oder einer von den Gummibällen hat sie brutal an der Schläfe getroffen und sie hart, aber mitfühlend aus dem Training gerissen. Sie weiß es nicht. Sie weiß nur, dass Barbara mit nassen Haaren und einem Handtuch um den Körper in der Türe lehnt und sie mitleidig anschaut: „Wieder fit?"

„Was ist passiert?“

„Du bist auf einmal umgefallen, und wie ich dir helfen wollte, hast du gesagt: ‚Wenn du mich wirklich liebst, Barbara, dann lässt du mich hier liegen.‘ Und, bereit für die Auferstehung der heiligen Liesl? Du solltest dich sputen, die Nadine ist schon am Sprung.“

„Vom Trapez?“

Barbara versteht kein Wort.

„Vergiss es, ein inwendiger Wortwitz.“ Liesl rafft sich also von ihrem Isomatten-Totenbett auf und schwankt noch leicht geschwächt in die Umkleidekabine. Die anderen Kursteilnehmerinnen sind bereits gegangen. Nadine ist gerade dabei, ihre Sporttasche zu packen. Makellos wie immer. Sie hat nur einen abschätzigen Blick für Liesl übrig. Was sonst?

Die fängt die Nummer gleich komplett falsch an: „Nadine! Das ist aber eine Überraschung. Du hier?“

„Dass du hier bist, ist wohl die größere Überraschung, Liesl. Wegen dem Work-out bist du sicher nicht hier. Sonst hättest ja mitgemacht. Also, was willst du von mir?“

Liesl geht aufs Ganze: „Ich weiß alles. Von deiner Mama. Der Adam war dein Vater.“

Jetzt ist Nadine doch noch überrascht. Damit hat sie nicht gerechnet.

„Wenn wer den Klapperstorch in den Garten geschleppt hat, dann doch wohl du. Du hast den Alten abmontiert, damit du die Show übernehmen kannst“, fährt Liesl sie an.

Dafür hat Nadine nur einen müden Lacher übrig: „Abmontiert hat sich der Papa schon selber. Da hab ich nix mehr dazu beitragen müssen.“

„Ich hab euer Gespräch mitgehört. Damals beim Festl. Er wollte, dass der John die Show übernimmt, nicht du. Und dann schalt ich den Fernseher ein – und wer moderiert? Du. Und wer beendet seine Karriere? Der John. Entschuldige, aber wenn das nicht stinkt. Gib's zu, du hast ihn mit irgendwas erpresst."

Und wieder muss Nadine laut auflachen: „Du hast wirklich eine blühende Fantasie, Liesl. Was für ein Zeug verschreiben Sie der, Frau Doktor? Kann ich auch so was haben?"

„Sehr lustig", antwortet Liesl und findet es überhaupt nicht lustig.

„Vielleicht fragst einfach einmal meinen Halbbruder. Der kann dir erzählen, womit er mich erpresst hat."

„Er dich?"

„Du stehst doch auf Überraschungen, Liesl." Jetzt geht Nadine noch ein paar Schritte auf Liesl zu, bis sie ganz nah vor ihr steht, Nase an Nase, und dann sagt sie mit ihrer rrrollenden Moderatorinnenstimme: „Ich weiß, wie sich das anfühlt, jahrelang verkannt zu werden, Liesl. Aber in deinem Fall ist das was anderes, du bist wirklich keine Ermittlerin, du bist und bleibst eine hundsordinäre Briefträgerin und da wird sich auch nie was dran ändern." Nadine schnappt sich ihre Sporttasche und ist zur Türe raus.

Draußen auf dem Parkplatz sehen sie sie noch in dem perlmuttweißen Range Rover davonfahren. Liesl knallt ihre Tasche auf die verbeulte Motorhaube ihrer Postkutsche und verschränkt frustriert die Arme. Ihr Tränenwegküsser wäre jetzt ein Hit. Aber der fährt gerade über die A7 Richtung Ulm.

„Vielleicht ist das ja alles ein Blödsinn. Vielleicht denke ich, dass die anderen alle ihr Glück zerstören und dabei tu ich auch nix anderes. Vielleicht hat die Nadine ja recht, vielleicht bin ich einfach nur eine unglückliche Briefträgerin. Vielleicht bin ich ja nur so fanatisch und seh hinter jedem Packerl ein Verbrechen, weil es in Öd so unglaublich öd ist."

„Die wollte dich doch nur kränken, Liesl. Das darfst du nicht so ernst nehmen."

Liesl zieht ihren Rotz rauf, die Verletzung sitzt noch immer tief: „Ich meine, ganz ehrlich, so gut wie die Nadine sing ich allemal. Ich hätte eine Gesangskarriere machen können. Man hätte mich nur entdecken müssen.“

„In Öd?“ Barbara hat da so ihre Zweifel.

„Ja. Warum nicht? Der Möschl Adam hat das zu mir gesagt. Auf dem Treppenabsatz. Bei seinem Festl. Wenn er mich schon früher gekannt hätte, hätte er mich zum Star gemacht.“

„Aber auch nur, weil du einen knackigen Hintern hast.“

„Ich hätte mich schon zu wehren gewusst. Auf jeden Fall brauch ich mir das nicht gefallen lassen von der blöden Funz’n. Ich hätte locker eine Weltkarriere machen können.“

„Nein. Hättest nicht.“

Liesl schaut ihre Freundin entrüstet an: „Wieso nicht!?“

„Dazu hättest raus in die Welt müssen und das willst du nicht.“

Hm, das ist natürlich ein Argument. Die Liesl bekommt ja schon am Deutschen Eck Heimweh.

Barbara setzt noch eins nach: „Eine Weltkarriere in Öd würde sich vielleicht ausgehen, aber mehr nicht. So leid es mir tut, Liesl, das Schlagerparadies hat schon genug Schlangen.“

Jetzt geht’s der Liesl schon eine Spur besser, sie muss fast schon wieder lachen. „Schad’ eigentlich. Obwohl ich doch ziemlich oft *atemlos durch die Nacht* radl.“

Barbara setzt noch eins drauf: „Die Liesl von der Post an einem Trapez stell ich mir allerdings schon sehr lustig vor.“

Mein Herz ist ein Bahnhof

Die Nadine scheint sie zu verfolgen. Kaum dreht sie das Radio in der Kutsche auf, kommt auch schon: „Sie hat eine sensationelle Karriere hingelegt, von Null auf Tausend: Nadine. Jetzt mit ihrem neuen Hit ‚Mein Herz ist ein Bahnhof'."

Jetzt moderiert sie nicht nur, nein, sie singt auch noch. So schnell kann die gar nicht schauen, dass die Liesl das Radio abdreht. Wenn die gelbe Kutsche ihr Auto wäre und nicht das von der Post, dann würde sie jetzt kurz stehen bleiben, das Nadine-verseuchte Radio aus seiner Verankerung reißen und in den Straßengraben werfen. Passt eh gut. Sie fährt gerade durchs Okroatzertal. Soll sie doch abkratzen mit ihrem *Mein Herz ist ein Bahnhof.* Was heißt das überhaupt? Dass sie ständig einfährt? Oder dass es ein ständiges Kommen und Gehen und sie quasi für alle da ist, aber für keinen richtig? Oder sie noch immer auf die richtige Liebe wartet, aber die hat leider Verspätung? Vielleicht hätte sie doch nicht abdrehen sollen. Dann hätte sie es erfahren.

Jetzt fährt sie schon eine Ewigkeit durchs Tal. Aber irgendwann ist Schluss. Irgendwann hat alles ein Ende. Und das Tal hier auch. Deshalb heißt Öd ja Öd, weil es am Eingang zum Okroatzertal liegt. Und das Okroatzertal heißt Okroatzertal, weil das Tal eine Sackgasse ist und die Leute, die nicht irgendwann wieder umdrehen, am Ende abkratzen. So sagt es jedenfalls der Volksmund. Und weil eine Sackgasse nie so attraktiv ist wie eine Straße, die immer weitergeht, sind die Öder und Öderinnen, die Ober- und Unteröder weitgehend von der Zivilisation verschont geblieben. Und vom Tourismus ebenfalls. Der Brenner Wilhelm, der Vater vom Rudi, soll einmal gesagt haben: „Die ganze Welt ist ein großer Oarsch und das Tal hier ist das Loch von dem Oarsch." Die Familie Brenner war noch nie berühmt für die feine Klinge der gehobenen Konversation.

Aber egal, was man darüber denken will, es hat einen gewissen Wahrheitsgehalt.

Da vorne muss sie jetzt irgendwann links. Irgendwo muss am Straßenrand ein geschnitztes Jesus-Marterl stehen, wo der Jesus mit der ausgestreckten Hand nach links zeigt. Auch eine Art von Humor. Hat ein bissel was von einem nackten Verkehrspolizisten an einem Kreuz.

Da ist es auch schon. Liesl bremst den Wagen ab und biegt in den schmalen Schotterweg ein. Den könnten sie auch mal wieder herrichten. Ein Schlagloch nach dem anderen und der Weg hört überhaupt nicht auf. Der alte Brenner hat schon recht gehabt. Das hier ist wirklich der Arsch der Welt. Da endlich kommt ein schönes altes Haus, die Holzschnitzerei Prantl. Geschafft.

Und das Objekt ihrer Begierde steht auch schon da. Kaum wiederzuerkennen. Oder doch? In blauen Arbeitshosen, festen Schuhen und einem Karohemd vom Lagerhaus. Rasieren könnte er sich mal wieder, der Möschl John. Oder sollte sie besser Johann sagen? Ausschauen tut er jedenfalls wie einer. Liesl schnappt sich die Post und steigt aus. Und weil die Sache eventuell länger dauern könnte, schaltet sie zur Feier der Entdeckung des verschollenen Schlagersängers sogar den Motor ab.

„Servus, John. War gar nicht so leicht, dich zu finden. Aber irgendwann kriegt jeder Post.“ Liesl hält triumphierend ein paar Briefe hoch: „So ein Nachsendeauftrag hat schon was.“

John scheint nicht erfreut zu sein, sie zu sehen: „Liesl! Das ist eine Freud’.“

„Und? Gefällt’s dir hier? Ist halt die Vorhölle von Öd, Gegend-technisch. Aber wer die Stille mag, das *Entrische*.“

„Vielleicht bin ich ja genau aus dem Grund hier. Wegen der Grabesstille.“

„Komisch, nachdem du jahrelang die Bierzelte gestürmt hast. Schad’, dass du nicht mehr singst.“

„Es fehlt mir nicht, wenn du das meinst. Im Gegenteil. Ich tu endlich das, was ich schon immer tun wollte."

„Ich hab die Nadine kürzlich beim Fitness getroffen. Wir zwei sind ja unzertrennlich. Neuerdings."

John kann nur grinsen. Er kennt die Wahrheit.

„Und wie wir so geplaudert haben, hat sie mir erzählt, dass du auf die Show verzichtet hast."

„Weißt, ich hab mein Leben lang das gemacht, was meine Eltern von mir wollten. Aber die Show und die Musi, das war nie meine Welt. Ich steh eigentlich mehr auf Indie-Pop."

„Sie hat gemeint, du hättest sie erpresst."

John muss lachen: „Erpresst? Ja, vielleicht damit, dass sie mir das nicht antun kann. Bekniet hab ich sie, dass sie den Job übernimmt und mich gehen lässt."

Liesl blickt sich um und versteht ihn langsam. Das da ist seine Welt. Die Stille. Die Einsamkeit. „Und nach dem Tod von deinem Vater ..."

„... konnte ich endlich das tun was ich wollte, ohne ihn zu enttäuschen. Ist manchmal nicht leicht, wenn du so einen Vater hast wie ihn ..."

„Verstehe." Liesl deutet auf eine von den Schnitzfiguren. John dürfte was übrighaben für schräge Jesusskulpturen. Der hier schaut aus wie Superman mit dem blauen G'wand und dem Logo auf der Brust. Aber die Arme streckt er aus, als würde er gerade die Menge segnen.

„Interessante Jesus-Interpretation. Aber wieso nicht? Einer, der übers Wasser gehen kann, ist ja auch irgendwie ein Superman."

John geht nicht darauf ein: „Wird schon. Tust mir einen Gefallen, Liesl?"

„Sicher."

„Erzähl vielleicht nicht gleich einem jeden, wo ich bin."

„Versprochen."

Blütenrausch

So kennt die Liesl die Roswitha gar nicht. Sie war schon immer das Gegenteil von einer stillen Post, aber dass sie über ihren hochtoupierten roten Haaren die Moralkeule schwingt, als wäre es das olympische Kugelwerfen, ist ihr neu. Kann auch sein, dass sie den Abstieg noch immer nicht verdaut hat, von der Hauptpoststelle Oberöd zwischen die Gemüse- und Obstabteilung beim Nah & Frisch. Da hockt sie nun an ihrem kleinen gelben Schalter und scheißt die Leute z'samm, die ihre Adressen unleserlich auf die Packerln schreiben oder ständig irgendwas zurückschicken, was sie bestellt haben und dann doch nicht wollen. Da fängt die Roswitha doch tatsächlich mit dem Andreas Krug eine Diskussion an, dass er sich das doch auch vorher hätte überlegen können. Dass ihm der schwarze Anzug für Evas Beerdigung in Größe 48 nicht passt, hätte sie ihm auch vorher sagen können. Da geht es ja schließlich auch um einen ökumenischen Fußabdruck. Dass ein Fußabdruck eher ökologisch und ein Gottesdienst eher ökumenisch ist, behält die Liesl für sich, wie sie hinten im Lager die unzustellbaren Packerln einschlichtet. Ihr Blick fällt auf den Kleiderhaken. Das ist jetzt aber schon komisch. Ihr gelber Kapuzenhoodie ist wieder da und hängt da völlig gelassen herum, als hätte er nie irgendwas angestellt. Liesl schnüffelt dran. Wer weiß, vielleicht verrät ja das Parfüm seine Diebin. Im Gegenteil. Perwoll. Blütenrausch. Gibts im Nah & Frisch um 5,95 Euro. Das benutzt sie auch immer. Verdammt. Susi kommt rein, um ihren Arbeitskittel aufzuhängen.

„Hast du da irgendwen reingehen sehen, Susi?"

„Nein, wieso?"

„Weil mein Hoodie wieder da ist. Noch dazu frisch gewaschen."

„Warum schaust dann so? Freu dich doch."

„Susi, das ist der Hoodie aus dem Video."

„Echt jetzt? Du meinst DER Hoodie aus DEM Video?"

„Ja, genau der."

„Den musst du ins Internet stellen. Auf Willhaben oder Ebay. Da zahlen die Leute einen Haufen Geld dafür, wenn der schon einmal in einem Verbrechen mitgewirkt hat."

„Du bist so deppert."

„Stimmt, dann ist es natürlich blöd, wenn er nicht mehr nach Verbrechen riecht."

„Du kapierst gar nix, Susi."

Und schon ist Susi wieder gekränkt und zückt ein Kleenex.

„Susi, so war das nicht gemeint. Du musst nicht gleich wieder heulen. Schönes Kleid hast an."

Da taucht wieder ein Lächeln am Susi-Horizont auf: „Findest? Hab ich mir online bestellt. Die Roswitha hat mich beraten."

„Vielleicht ein bissel weit. Ein bissel sehr sommerlich. Da ist die Roswitha eher von sich ausgegangen, kann das sein?"

„Mir gefällt's!", antwortet Susi trotzig und wirbelt mit dem Kleid herum wie Marylin Monroe, nur ohne Lüftungsschacht. „Schönen Feierabend!" Und schon ist sie draußen. Liesl schnappt sich den Hoodie und sperrt das Lager hinter sich ab.

„Kannst offen lassen, ich muss nochmal rein", tönt es sonor vom Postschalter. Roswitha! Wer sonst? In ihrem früheren Leben war sie einmal eine Wikingerin, davon ist Liesl überzeugt. Eine mit einem Eisenhelm und Hörnern und roten Zöpfen. Wie Halvar, der Vater vom Wickie, nur ohne Bart.

„Was ich so gehört habe, wollen gerade alle ein Bankert vom Adam Möschl sein. Vielleicht sollte ich mich auch gleich anschließen an die Sammelklage."

„Hm." Liesl überlegt, wie sie es der roten Zora sanft beibringen soll. „Das geht sich schwer aus. Es sei denn, er hat schon im Kindergarten angefangen."

„Danke!“, kommt schnippisch von Roswitha zurück. „Ob du es glaubst oder nicht, mir hat er tatsächlich auch mal schöne Augen gemacht. Beim Maturaball.“

„Du hast die Matura?“

„Fast. Ich war die Begleitung vom Walter.“

„Da schau her.“

„Aber ich habe Widerstand geleistet.“

„Wem? Dem Walter oder dem Adam?“

„Beiden!“

„Und, bist froh drüber?“

„Ich muss mich jedenfalls in keine Schlange einreihen.“

„In welche Schlange? Was meinst damit? In die, in der ich gerade ganz vorne steh?“

Roswitha zuckt nur vielsagend mit den Schultern und räumt ihr Zeug für den Feierabend zusammen. Eigentlich haben sie schon seit drei Minuten geschlossen. Liesls Blick fällt auf den Postkartenständer. Sie ist so blöd. Sie könnte sich manchmal in Grund und Boden über sich selbst ärgern. Dass sie da nicht früher draufgekommen ist. Das sagt ja schon der Begriff „Postkarte“. Und wo kriegt man Postkarten? Auf der Post! Gratulationskarten jeglicher Art, egal ob es der bestandene Führerschein, die Matura, eine Hochzeit, ein runder Geburtstag oder eine Glückwunschkarte zu einem Neugeborenen ist. *Klopf, Klopf, du bist da, die Welt steht kopf.*

„Haben wir die schon lange, Roswitha?

„Ein Renner. Gerade in letzter Zeit.“

„Weißt du noch, wer die gekauft hat? Ich meine, gleich einen ganzen Stoß?“

Wenn die Postlerin zweimal klingelt

Nein, diesmal macht sie es richtig. Diesmal schreit sie nicht gleich wieder ihren Verdacht raus ins kalte, ignorante Öd. Diesmal geht sie auf Nummer sicher. Liesl beschleunigt auf einen 70er, schaltet kurz vor der Stöttlbachbrücke einen Gang runter und dreht den Motor in den roten Bereich. Dann kommt auch schon die Kuppe und sie hebt mitsamt ihrer gelben Rakete ab und fliegt bis zum Ortseingangsschild. Bamm!!! Jetzt die erste Kurve scharf anschneiden wie ein blutiges Steak, dann die Rechts-links-Kombination, den dürren Toni auf der kurzen Geraden demonstrativ ignorieren und die Kiste vor der Praxis querstellen, sodass sie vorm Eingang zum Stehen kommt. Besser geht's nicht. Besser kriegt das einfach keiner hin.

Just in dem Moment schließen Barbara und Sylvia die Praxis ab und kommen die Stufen runter. Eine Minute früher und sie hätten noch mal aufsperren müssen, weil ihnen dann die Liesl über ihre schönen Füße gefahren wäre.

„Liesl, bist du irre?“, stößt Barbara mit erschrockener Stimme aus.

„Ich hab nur eine schnelle Frage an die Sylvia. Dann bin ich auch schon wieder weg. Du hast mir doch vor Kurzem einen Test verkauft.“

„Wieso, stimmt was nicht?“ Sylvia hat gleich ein schlechtes Gewissen. Die Leute sind einfach nicht belastbar. Besonders solche, die lieber in einem Musical singen würden als in einer Arztpraxis.

„Doch. Oh ja. Mal abgesehen davon, dass ich schon wieder nicht schwanger bin.“

„Ah. Nicht? Im Wartezimmer hat's geheißen, du kriegst Zwillinge.“

„Ja, genau. Eins vom Adam und eins vom Didi. Wurscht. Da hast du gesagt, du hast gerade vorher den Letzten verkauft.“

„Ja. Und?“

„An wen?“

Sylvia blickt unsicher zu Barbara. An sich darf sie das niemandem sagen. Aber laut herumposaunen, wenn sie keinen Schwangerschaftstest mehr hat, das schon, denkt sich Liesl. Sie erinnert sich noch gut an die Situation.

Barbara weiß, dass sie sowieso keine Chance hat. Die Liesl wird so lange keine Ruhe geben, bis sie es weiß. Also nickt Barbara kurz und Sylvia beugt sich zur Liesl runter, sie steht ja noch auf den Stufen, und flüstert Liesl einen Namen ins Ohr. Jetzt hat die Liesl ihre Bestätigung. Jetzt hat sie es genau so gemacht, wie es ihr der Herr Postenkommandant geraten hat: sich nicht nur aufs Gefühl verlassen, sondern erst alle Fakten zusammentragen und dann zuschlagen. Aus der Offensive. Scheiß auf den Hinterhalt. Wenn die Fakten erdrückend sind, dann kannst du auch den direkten Weg durch die Haustüre nehmen. Und genau das wird die Liesl jetzt tun.

Gefühlte drei Minuten später drückt sie auf die Klingel. Zweimal, kurz und knapp. Und nicht einmal eine Minute später wird die Türe geöffnet. Und gerade einmal eine Sekunde drauf sagt die Liesl: „Servus, Susi, darf ich reinkommen?“

Klapperstorch

„Warum hast du es ihm nicht einfach gesagt?“

Liesl hockt in Susis kleiner Küche und rührt blöd in ihrem Tee herum. So wie der Löffel hat sie sich auch die ganze Zeit sinnlos im Kreis herumgedreht. Und was tut Susi? Die schnäuzt sich unentwegt die Nase und sagt permanent: „Entschuldigung, Entschuldigung, Entschuldigung.“ Das ist das Blöde an der blöden Susi. Man kann ihr nicht böse sein.

„Ich hab mich nicht getraut. Deshalb die ganze Geschichte mit dem Klapperstorch. Mir ist irgendwann eingefallen, dass schon seit Ewigkeiten einer beim Walter im Lager liegt. Und weil mir so kalt war, hab ich schnell deinen Hoodie angezogen. Ich hab ihn eh nachher gewaschen.“

„Ja, super, danke, Susi, das reißt mich echt raus.“

„Ich hab mir nix Böses dabei gedacht. Und dann ist alles außer Band und Rand geraten.“

„Rand und Band.”

„Hm?” Sie versteht es einfach nicht.

„Egal. Ich pack's nicht. Der Klapperstorch war also für den John bestimmt?“

Susi nickt schuldbewusst. „Magst noch einen Tee? Vielleicht einen Johanniskraut, der beruhigt. Oder lieber einen Magen-Darm?“

„Wieso soll ich jetzt einen Magen-Darm-Tee trinken, Susi?“

„Weil mir das immer auf den Magen schlägt, wenn ich mich aufrege, und dann trink ich einen Magen-Darm.“

„Danke Susi. Einen Himbeergeist hast nicht zufällig da, oder?“

Susi schüttelt ratlos überfordert den Kopf.

Liesl kann immer noch nicht glauben, was die Susi in ihrer Naivität angerichtet hat und wie perfekt sie sich verstellt hat: „Warum hast du nix gesagt, Susi?“

„Weil ich mich nicht getraut hab!“

„Und der John weiß noch immer nix?“

„Nein. Seit dem Begräbnis von seinem Vater ist er wie vom Erdboden verschluckt.“

„Ja. Und seine Karriere hat er auch aufgegeben.“

„Glaubst, er weiß es und ist auf der Flucht vor mir?“

Liesl schüttelt den Kopf. Manchmal ist die Susi schon recht naiv. Was heißt manchmal? Eigentlich immer.

„Wann ist’n das passiert zwischen dir und dem John?“

„Auf dem Festl von seinem Vater. Hinten in der Gartenlaube, die ein bissel so ausschaut wie die Gloriette.“

„Und, weißt du schon, wie es heißen soll? Sisi oder Franz?“

Susi zuckt ratlos mit den Schultern, als würde sie die Frage ernst nehmen: „Ich hab eher an was Klassisches gedacht, aber jetzt, wo du es sagst …“ Der Susi ist wirklich nicht zu helfen.

„Ist dir eigentlich klar, was du da angerichtet hast, Susi?“

„Ich hab den Adam nicht umgebracht.“

„Ich auch nicht. Das war ein Unfall. Zumindest wenn es nach unserem Herrn Postenkommandanten geht. Aber wenn das mit dem Storch nicht gewesen wäre, dann wäre vielleicht auch alles andere nicht passiert.“

„Komm ich jetzt ins Gefängnis? Glaubst, ich muss mein Baby hinter Gittern großziehen?“ In Susis Augen steht das blanke Entsetzen.

„Gut möglich. Aber nur, wenn sie dich wegen Blödheit einsperren.“

Inzwischen kennt sie sich aus. Da vorne muss sie irgendwo abbiegen. Jetzt müsste gleich das geschnitzte Marterl kommen, wo einem der Jesus-Polizist mit der ausgestreckten Hand den Weg weist. Da ist es auch schon. Liesl bremst den Wagen ab und biegt in den schmalen Schotterweg ein. Die beiden holpern durch die Schlaglöcher, dass die Susi sich an den Bauch greift und die Liesl Schlangenlinien fährt, als hätte sie zu viel Himbeergeist erwischt.

Susi fasst nach Liesls Arm: „Vielleicht ist das gar keine so gute Idee. Vielleicht will er mich ja gar nicht sehen."

„Susi, die *Idee* hat spätestens in einem halben Jahr einen Namen und kackt in die Windeln. Wurscht, ob sie dann Sisi oder Franz heißt. Oder willst du, dass es dir so ergeht wie der Rita?"

„Was ist mit der?"

„Die war 32 Jahre, vier Monate und drei Tage die heimliche Geliebte vom Adam Möschl. Und die Nadine ist seine uneheliche Tochter. Willst du das für dich und dein Kind?"

Susi schüttelt entschieden, aber doch verängstigt den Kopf. Da taucht das schöne alte Holzhaus vor ihnen in der Dämmerung auf. Liesl stellt den Motor ab.

Gerade wie sie aussteigen will, hält Susi sie noch einmal am Arm: „Ich hab meine Kleenex vergessen."

Liesl lächelt: „Wer weiß, vielleicht ist das der richtige Zeitpunkt, um damit aufzuhören."

Liesl steigt aus und geht aufs Haus zu. Susi bleibt erst mal im Auto sitzen. Nach einer Weile geht das Licht im Haus an und gleich drauf öffnet John die Türe. Susi sieht, wie Liesl und er miteinander reden und Liesl Richtung Auto deutet. Jetzt kommt er auf sie zu. Oh Gott. Es schaut so aus, als würde er lächeln. Ja, er lächelt. Alles wird gut, denkt sich Susi, alles wird gut. Und eins ist ihr jetzt klar, wenn es ein Mädl wird, dann weiß sie, wie sie es nennen wird.

Kleenexodus

Das ist schon ein schönes Gefühl und gleichzeitig war alles für die Fisch'. Der John ist eh auf die Susi gestanden und hat nur gedacht, dass er jetzt erst einmal sein Leben auf die Reihe kriegen muss, und wenn dann alles passt, dann meldet er sich bei ihr. Dass sie schwanger ist, konnte er ja nicht wissen. Entschuldigt hat er sich bei der Liesl, für seine Mutter und die Nadine gleich mit, wobei wohl eher die Linde die treibende Kraft ist. Da wirkt das Lied gleich einmal ganz anders, das er zu seinem Abschied in der Show gesungen hat.

Die anderen sind vielleicht ganz nett,
aber mei' Mama ist der Hammer.

Ein Hammer schon, fragt sich nur, was für einer. Aber es war schön, zu sehen, wie die zwei sich in die Arme gefallen sind und sich gefreut haben. Und die Susi hat überhaupt nicht geweint, jedenfalls nur ein paar Freudentränen. Aber dafür, dass sie gerade erst mit ihrem Kleenex-Entzug angefangen hat, eine gewaltige Leistung.

So tät sich der Didi auch freuen, denkt sich Liesl, wie sie wieder zurück Richtung Öd fährt. Inzwischen ist es finster geworden. Vielleicht sind ihr deshalb so die Tränen eingeschossen, wie sie gesehen hat, wie sich die beiden gefreut haben. Weil sie für einen kurzen Moment sich und den Didi gesehen hat und einen Moment später ist das Bild wie eine Seifenblase zerplatzt. Weil sie eben nicht das haben, was die zwei haben. Aber sie lieben sich, auch ohne Baby. Und wer weiß, vielleicht müssen sie ja wirklich nur einfach weiter üben.

Was ist das für ein Idiot, der ihr da gerade entgegenkommt? Kann der nicht sein Fernlicht abdrehen? Liesl kann das nicht leiden, wenn die Leute nicht mitdenken. Moment einmal, war das jetzt grad der Walter in seinem Caddy? Jedenfalls hat er sie von der Werbefläche breit angegrinst. Wo fährt der hin, um diese nachtschlafende Zeit?

Sie wäre nicht die Liesl, wenn sie nicht augenblicklich in die Eisen ihrer Postkutsche steigen und umdrehen würde. Sie braucht eine Weile, bis sie ihn eingeholt hat. Nur nicht zu dicht auffahren, sonst merkt er, dass er verfolgt wird. In den Filmen, denkt sie sich oft, merken die Leute nur nicht, dass sie verfolgt werden, weil es im Drehbuch steht. Dabei würde jeder Volltrottel checken, wenn er auf einer einsamen Straße verfolgt wird. Also Abstand halten. Nur nicht vergeigen, die Geschichte. Jetzt ist er plötzlich verschwunden. Dabei war er gerade noch da! Moment. Da geht ein Forstweg rein. Sie hat Glück, ganz am Ende sieht sie zwei Rücklichter.

Liesl hat ja inzwischen schon Übung mit holprigen Schotterwegen. Walter ist nirgendwo zu sehen. Aber er kann auch nirgendwo hin sein, es gibt nur den einen Weg. Stockfinster ist es. Verdammt. Jetzt wäre sie beinahe in den Schranken gekracht. Wo ist der hingefahren? Der Walter muss einen Schlüssel haben. Anders ist das nicht möglich. Liesl steigt aus und geht vor zu dem gelben Schild mit den Hinweisen für die Wanderer: *Okroatzer Alm, 2 ½ Stunden.*

TEIL DREI

Sechs Monate, vier Tage und 12 ½ Stunden nach dem Geburtstagsfest des Adam Möschl

John F. Kennedy

So oder ähnlich muss es ausgesehen haben, als John F. Kennedy mit seiner Frau Jackie im offenen Cabrio durch Dallas gefahren ist und von einer fetten Eskorte begleitet wurde. Nur dass hier in Öd keine Menschenmassen am Straßenrand stehen und jubeln. Im Gegenteil. Gut, dafür gibt es auch keinen Attentäter, der es darauf abgesehen hat, Dietlinde Möschl zu erschießen.

Liesl steht gemeinsam mit Roswitha, Susi und Walter vorm Supermarkt, während die Kolonne majestätisch an ihnen vorbeirollt. Liesl spürt, dass Roswitha fast versucht ist, ins Geschäft zu laufen, um ein paar Fähnchen zu holen. Vorneweg fährt ein Streifenwagen. Wenn sich Liesl nicht ganz täuscht, sitzt neben dem Herrn Postenkommandanten Tröger die noch vor Kurzem suspendierte Polizistin Petra Möslechner am Steuer. Willkommen zurück. Nachdem sie ihren Waffengürtel in der Toilette bei der Jägerwirtin hat liegen lassen, ist die Eva Krug mit ihrer Dienstwaffe zu Tode gekommen. Daraufhin wurde Petra ein halbes Jahr suspendiert. Aber jetzt ist sie wieder da. Liesl ist schon versucht, ihr zuzuwinken, aber dann besinnt sie sich eines Besseren. Das ist ja kein Faschingsumzug, das gleicht eher einer Prozession.

Gleich hinter der Polizeieskorte chauffiert Nadine den perlmuttweißen Range Rover durch Oberöd, als wäre er das Papamobil. Nur dass nicht der Papst drinsitzt, sondern die Inquisitorin und Teufelsaustreiberin höchstpersönlich. Nein, Liesl und Dietlinde Möschl werden in diesem Leben keine Freundinnen mehr. Dietlinde blickt starr geradeaus. Schade eigentlich. Wenn sie ihren Blick nur ganz leicht nach rechts drehen würde, dann könnte sie die zukünftige Frau ihres Sohnes sehen und mit ein bisschen Fantasie könnte sie sich auch schon ihr kleines Enkelkind vorstellen, das Susi unter ihrem Herzen trägt.

Gleich hinter dem Dietlindemobil fährt eine Limousine mit verdunkelten Scheiben. Keine Ahnung, wer da drinsitzt, vielleicht ihre Bodyguards, dicht gefolgt von einem grauen VW-Bus der Pathologie. Aber das Beste kommt zum Schluss: Das Ende des Himmelfahrtskommandos bildet ein Toyota Pick-up, der einen Anhänger mit einem Minibagger geladen hat.

„Wo fahren die hin?", fragt Roswitha und schaut dem Tross ratlos hinterher.

„Zum Friedhof. Wohin denn sonst?", antwortet Liesl und steigt in ihre gelbe Rakete, um den Trauerzug ein wenig aufzupeppen. Ja, da bietet sich der Gemeinde Öd tatsächlich ein skurriles und auch einzigartiges Schauspiel. So etwas hat es hier noch nie gegeben. Als sich der Tross Richtung Friedhof bewegt, kommt ihm Bernhard Gapp auf seinem Rennrad entgegen und fährt beinahe in den Graben. Rita steht rauchend vorm Eingang vom *Jägerwirt'n*. Sie tritt demonstrativ ihre Zigarette aus und verschwindet im Lokal. Mike ist gerade mit seinem Camaro auf dem Weg ins *Inferno*, als ihm die heilige Inquisition entgegenkommt. Er bleibt mitten auf der Straße stehen und blickt der Prozession hinterher. Er ahnt, was das bedeutet. Die letzten Monate lag er im Streit um den Nachlass des alten Möschl.

Die Kolonne erreicht schließlich den Parkplatz vorm Friedhof. Liesl zieht es vor, einen Sicherheitsabstand einzuhalten und das Geschehen zunächst aus der Ferne zu betrachten. Der Fahrer des Pick-up lädt den Minibagger ab, ein paar Beamte ziehen sich weiße Ganzkörper-Overalls an, wie man es aus dem *Tatort* kennt. Magnus und Petra stellen Sichtschutzwände auf, die Leuten wie Liesl die Sicht versperren. Ärgerlich. Nadine holt einen Rollstuhl aus dem Kofferraum des Range Rover. Aus der Limousine steigen zwei Frauen in Business-Kostümen. Mit denen ist nicht zu spaßen, denkt sich Liesl. Zwei Assistenten tragen Aktentaschen. Jetzt macht sich die Gesellschaft auf den Weg zum Friedhof. Allen voran der Minibagger. Blöd, jetzt hat sie der Herr Postenkommandant gesehen und marschiert auf sie zu.

„Lieselotte, Sie haben hier nichts zu suchen."

„Ich such eh nix. Aber das ist ja ein freies Land und ein freier Parkplatz."

„Lieselotte, bitte." Niemand spricht ihren Namen so streng aus wie der Herr Postenkommandant. Aber sie lässt sich trotzdem nicht beirren.

„Das ist reiner Zufall, ich wollte gerade zum Grab meiner Eltern."

„Ich glaube Ihnen kein Wort."

„Sagen Sie mir einfach, was los ist, und ich bin die Wolke."

„Versprochen?"

„Versprochen!"

„Zum Zweck der gerichtlichen Leichenschau wurde der Enterdigung des Leichnams stattgegeben."

„Enterdigung? Heißt das echt so?"

„Amtsdeutsch. Mit anderen Worten: Der Anwalt von den Möschls hat eine Exhumierung der Leiche bewirkt, weil sie das Bekennerschreiben von Adam Möschl anzweifeln, in dem er Mike als seinen Sohn anerkennt."

„Klingt jetzt auch nicht viel anders."

„Ich muss Ihnen auch gar nichts erzählen, Lieselotte."

„Bin schon still. Wie ein Grab. Ein geschlossenes. Und wie geht's dann weiter?"

„Auf der Gerichtsmedizin entnehmen sie den Knochen der verkohlten Leiche eine DNA-Probe. Das dürfte wohl nicht so leicht sein. Aber da gibt es jetzt eine neue Methode aus den USA. Mal abgesehen davon, dass es scheinbar noch fünf andere Überraschungseier gibt, die ebenfalls behaupten, dass der Möschl ihr Vater ist."

„Ja, ja, der Name ist Programm. Der Adam war schon umtriebig. Nicht nur im Paradies, nein, auch in Öd."

Petra winkt Liesl freudig.

„Hab schon gesehen, die Petra ist wieder da."

„Ja. Die Suspendierung wurde aufgehoben und das Disziplinarverfahren eingestellt."

Magnus blickt der Ausgrabungs-Karawane hinterher: „Ich sollte dann wieder. Die haben eh noch Glück. Die Witwe hat seinerzeit darauf bestanden, dass der Leichnam nicht eingeäschert wird."

Hm, jetzt wo sie schon mal in der Gegend ist, könnte sie ja wirklich kurz bei ihren Eltern vorbeischauen. Na gut, in der Gegend ist sie ja in Wahrheit immer. Egal wo sie hinfährt, sie kommt dreimal täglich am Friedhof vorbei und doch schafft sie es nicht, ihren Eltern einen Besuch abzustatten. Sie ermahnt sich immer nur, dass sie doch mal wieder am Grab vorbeischauen sollte. Aber sie schafft es dann doch nicht. Ja, sie vermeidet es sogar. Sie geht sogar extra Umwege, um nicht am Grab vorbeizukommen. Sie überlässt den Friedhof lieber den Toten und den Totengräbern.

Da tut sie sich schon leichter mit ihren Ritualen, die der arme Didi über sich ergehen lassen muss, obwohl er eigentlich nix damit anfangen kann. Das sind die schönen Momente, in denen sie an ihre Eltern denkt, wenn sie sich gemeinsam mit Didi *Dallas* oder *Denver-Clan* oder *Sissi – Schicksalsjahre einer Kaiserin* anschaut. Aber wenn sie vorm Grab steht, das ist kein schöner Moment. Dann muss sie gleich wieder an ihre dunklen Träume denken. Wenn sie schweißgebadet aufwacht und erst einmal gar nicht weiß, wo und wer sie ist. In den Nächten, in denen ihr Didi daheim ist, ist es leichter. Der nimmt sie dann wortlos in den Arm und küsst ihr die Tränen weg. Sie kann sich danach an nichts erinnern, sie weiß nur, dass sie im

Traum ein junges Mädchen ist und ihre Eltern noch leben. Und noch etwas ahnt sie. Dass das, was damals passiert ist, der Grund ist, warum sie Öd niemals wieder verlassen wird.

Wenn das Herz kratzt

Liesl sitzt auf der Bank vorm Haus. In der Ferne hört sie Didis Scania, wie er sanft den 40-Tonner runterbremst und in die schmale Einfahrt einbiegt. Das Ungetüm schiebt sich wie ein riesiger Blauwal in den kleinen Heimathafen. Die Hydraulik ächzt und stöhnt. Jetzt öffnet ihr Trucker gleich die Fahrertüre. Liesl geht um den Laster herum. Auch eines ihrer geliebten Rituale. Sie strahlen einander an, fallen sich in die Arme und überlassen das Reden den anderen. Aber heute ist alles anders. Sie sieht ihren Kapitän die Stufen hinunterklettern und weiß sofort, woran er denkt. Dass er sich jetzt nichts sehnlicher wünschen würde, als dass sie ihn frech angrinst, nach hinten auf den Auflieger deutet und sagt: „Ich hoffe, du hast da hinten Windeln geladen, die werden wir nämlich bald brauchen." Aber sie sagt es nicht und er weiß, dass sie es nicht sagen wird, und in seinen Augen schwimmt nichts als Traurigkeit. Gut, dass man einander die Tränen wegküssen kann.

Nachher im Bett, in seinen Armen liegend, wird sie sagen: „Ich glaub, die Barbara und der Magnus sind jetzt ein Paar. Fehlt nur noch, dass sie heiraten."

„Ist doch schön. Vielleicht sollte ich mir auch was suchen, wo ich öfter zu Haus' bin."

„Ernst jetzt?"

„Ja. Das wäre doch schön. Wenn ich mehr zu Hause wäre, dann könnten wir auch öfter üben. Dann wären wir auch ein richtiges Paar. Nicht nur ..."

„Was ...?"

„Eine Wochenendbeziehung."

„Was ist so schlecht am Wochenende?", will Liesl wissen.

„Nix. Aber wenn wir schon an einem Baby basteln, dann könnten wir ja auch ..."

„Was?“

„Es amtlich machen“, sagt Didi und blickt sie unsicher an.

„Du meinst, wir sollten heiraten? Du und ich? Und du suchst dir einen Job beim Lagerhaus und kommst jeden Abend heim und ich koch uns was und werd dann doch irgendwann schwanger und hör bei der Post auf und schieb ständig einen Kinderwagen vor mir her und schau dabei die ganze Zeit aufs Handy? So wie die ganzen anderen Muttis, die ich täglich überfahren könnte, weil s' nicht mehr auf die Straßn schauen? Meinst du so was?“

„Das kann ja auch schön sein.“

Liesl ärgert sich, dass sie mit dem Thema angefangen hat. Was ist nur los mit ihr? Sie war schon mal entspannter. Didi kennt sich auch nicht aus. Sie zieht die Schublade aus ihrem Nachtkastl mit den vielen Schwangerschaftstests und geht aus dem Zimmer. So ein Baby kann ganz schön Stress machen, denkt Didi, obwohl man gar keins kriegt.

Liesl hat die Schnauze voll. Sie wird das Thema Baby ein für alle Mal aus ihrem Leben verbannen. Sie wirft jetzt das ganze Zeug in den Mülleimer und haut den Deckel drauf. Und damit aus und basta, wie die Roswitha jetzt sagen würde.

Damit hat sie jetzt nicht gerechnet. Wie sie zur Haustüre rauskommt, sieht sie ihre Freundin Barbara auf der Bank sitzen: „Himmel! Hast du mich erschreckt. Was tust du da?“

„Ich weiß nicht, wie ich es ihm sagen soll.“

Hui, jetzt sind sie schon zwei, denen das Herz kratzt.

„Ich hol uns zwei Himbeergeister.“

„Gute Idee.“

Die Welt ist kurz einmal stumm, der Himmel zeigt Sterne, und der Himbeergeist spült die Seele durch.

„Ich glaub, mir ist das alles zu viel, Liesl. Jedes Mal, wenn der Magnus bei mir übernachtet, lässt er irgendwas da. Mal ein paar Schuhe, eine Jacke, ein Schuppenshampoo. Der zieht tröpfchenweise bei mir ein und glaubt, ich merk das nicht. Dabei finde ich mein neues Alleinleben ganz fein. Ich brauch keinen Ganztagsmann. Eine Stunde am Tag ist durchaus genug.“

Liesl versteht genau, was ihre Freundin meint: „Oder ein Wochenende“, und schiebt gleich ein Anliegen hinterher: „Könntest du mir wieder die Pille verschreiben?“

„Echt jetzt?“ Das überrascht Barbara dann doch.

„Unser Leben ist eigentlich ganz gut, so, wie es ist, oder?“

Dem kann Barbara nur beipflichten: „Absolut.“

„Warum glauben die anderen immer zu wissen, was richtig für einen ist?“

„Gute Frage. Verdammt gute Frage.“

„Himbeergeist?“

„Vielleicht keine Lösung, aber für den Moment eine gute Antwort.“

„Eine verdammt gute Antwort.“

Die DNA-Bombe

So ziehen die Tage durchs Land und durch Öd. Normalität ist wieder eingekehrt. Zumindest tun alle so. Dabei durchforstet Roswitha jeden Morgen die frische Post, in der Hoffnung auf ein Schreiben von der Staatsanwaltschaft, das man vielleicht näher untersuchen könnte, bevor es seine Weiterreise zur Gemeinde antritt. Alte Schule: Dampfkochtopf. Damit hat sich noch jeder Brief öffnen lassen. Basta! Roswitha hat da Erfahrung. Muss ja nicht jeder wissen. Bei dem ganzen neumodischen digitalen Briefverkehr kann sie sich natürlich brausen mit ihrer konservativen Spionagemethode.

Aber leider. Wieder nix dabei. Kaum, dass sie ihren Schalter öffnet und den Computer anwirft, weiß sie, warum. Die bringen das Schreiben höchstpersönlich. Genau wie vor einem Monat fährt wieder die Karawane vorbei. Diesmal allerdings ohne Bagger. Aber die schwarze Limousine, der perlmuttweiße Range Rover, Mikes Camaro und der Herr Doktor auf seinem Radl sind nicht zu übersehen. Nur diesmal schlagen sie nicht den Weg zum Friedhof ein, sondern zum Gemeindeamt. Sie muss sofort die Liesl antelefonieren.

Keine 30 Sekunden später hat Liesl die Turbinen ihrer gelben Rakete gezündet und ist zum Gemeindeamt geflogen. 5000 Touren, runterschalten, Kuppe, fliegen, Landung, Links-rechts-Kombination, Toni aufgabeln und bei der Mama absetzten und schon steht sie vorm Gemeindeamt. Das schafft sonst niemand. Sie ist sogar noch vor Dietlinde Kennedy-Onassis da. Zumindest fast. Sie sind auf jeden Fall noch nicht im Gebäude. Nadine klappt ihr gerade den Rollstuhl auf, die zwei Business-Kostüme und ihre Assistentin sind auch wieder da. Mike und Bernhard kommen getrennt. Hat sicher auch was zu bedeuten. Verdammt! Liesl würde eine Nacht mit Didi dafür opfern, wenn sie bei der Verhandlung dabei sein könnte.

Und genau in dem Moment fällt ihr auch schon die Lösung ein. Fast wie bei Wickie. Der hat sich in der Zeichentrickserie immer mit dem Finger die Nase gerieben und dann eine Lösung gehabt. Seine Freundin heißt Ylvi. Liesls Freundin heißt in dem Fall Petra.

Kaum ist die Delegation im Sitzungssaal der Gemeinde verschwunden, fängt Liesl sie auch schon am Gang ab: „Psst! Petra! Psst!“

„Liesl! Der Chef hat schon gesagt, dass du kommen wirst.“

„Echt?“

„Ja, der Tröger ist ein echter Hellseher. Und er hat auch gesagt, dass ich dir höflich, aber bestimmt zu verstehen geben soll, dass du hier nichts zu suchen hast.“

„Ich hab nur eine kurze Frage. Das wird ja noch erlaubt sein. Die Leute, die da gerade gekommen sind ...“

„Die Gerichtssachverständige und die Staatsanwältin geben heute das Ergebnis von der Exhumierung bekannt.“

„Ich hab es mir fast gedacht. Da darf man wohl eher nicht zuhören, oder?“

„Was glaubst, Liesl?“

„Ich glaube nicht.“

„Ich glaub auch nicht.“

„Und glaubst du, dass es trotzdem eine Möglichkeit gibt?“

„Wie gesagt, der Herr Postenkommandant hat gesagt …“

„Ich weiß, Petra, aber was sagst du …“

„Liesl, meine Suspendierung wurde gerade erst aufgehoben, ich will nicht schon wieder …“

„Ich frag rein informativ, Petra, rein informativ.“

„Naja. Rein informativ wird bei den Gemeindesitzungen das Protokoll immer automatisch aufgenommen, damit die Uschi, die Nachfolgerin von der Magdalena, es dann später runtertippen kann. Das hat sich die Franzi, wie sie Bürgermeisterin geworden ist, eingebildet, dass wir das brauchen. Das war in ihrer kurzen Amtszeit die erste und einzige Innovation. Mal abgesehen von der Kündigung der Schamberger Magdalena."

„Ja, ja, passt schon." Liesl ist ein bissel genervt von Petras ausschweifenden Ausschweifungen. „Das heißt, wir könnten da jetzt einfach mithören?"

„Die Uschi. Ich nicht. Und du schon gar nicht."

Es wird Zeit, die Trumpfkarte zu ziehen, wenn Liesl nicht die Verhandlung verpassen will: „Petra, du weißt, ich hätte bei deiner Anhörung auch gegen dich aussagen können, dann wärst du nicht mit einer Suspendierung davongekommen."

Petra verzieht das Gesicht. Sie weiß. was das bedeutet: „Ich glaube, ich hab mich noch gar nicht bei dir bedankt, Liesl, kann das sein?"

Eine Minute später sitzen sie im ehemaligen Büro der Schamberger Magdalena. Alles genauso akkurat aufgeräumt und beschriftet wie bei ihr zu Hause.

„Die Uschi wollte weiter in ihrem Büro bleiben. Keine Ahnung, warum", erklärt Petra der Liesl.

„Ja, ja, schon gut. Jetzt schalt das Ding ein", antwortet Liesl ungehalten.

Petra drückt am Computer ein paar Tasten und wie von Zauberhand ertönen die Stimmen aus dem Sitzungssaal. Die Stimme, die gerade spricht, muss einem der beiden Business-Kostüme gehören: „Meine Herrschaften! Danke für Ihr Kommen. Wir möchten Ihnen heute die Ergebnisse der DNA-Untersuchung in der Causa Adam Möschl bekannt geben. Frau Dr. Boll hat die DNA-Analyse vorgenommen. Frau Doktor, wären Sie so freundlich und würden uns mitteilen, zu welchem Ergebnis Sie gelangt sind?"

Jetzt redet das andere Kostüm: „Gern. Die DNA-Analyse hat mit einer Übereinstimmung von 98,8 Prozent ergeben, dass Herr Mike Donath der Sohn der exhumierten Leiche ist."

Liesl hört einen Stuhl auf dem Parkett quietschen und im gleichen Moment Mike johlen.

„Das kann nicht sein“, tönt es durch den Lautsprecher. Das muss Nadine sein. Liesl blickt zu Petra. Die nickt.

„Allerdings haben wir festgestellt, dass es sich bei dem verkohlten Leichnam nicht, wie angenommen, um Herrn Adam Möschl handelt, sondern vielmehr um den am gleichen Tag verstorbenen ehemaligen Polizeikommandanten Herrn Michael Garhammer.“

Wow. Das ist mal eine Ansage. Jetzt johlt Mike nicht mehr. Liesl hört jetzt heftiges Tuscheln. Mike mit Bernhard, schätzt sie, und Dietlinde mit Nadine.

Dann redet wieder die, die am Anfang das Wort ergriffen hat: „Haben Sie dafür eine Erklärung, Herr Dr. Gapp?“

„Da muss eine Verwechslung vorliegen“, antwortet Bernhard mit einem Frosch im Hals. Einem toten.

Jetzt redet wieder die Staatsanwältin: „Das wird sich weisen. Sie haben mindestens eine Todesbescheinigung vorsätzlich unrichtig ausgestellt und damit gegen das Bestattungsgesetz verstoßen. Und Sie haben bewusst ein Todesermittlungsverfahren verhindert. Uns würde interessieren, warum? Und noch viel mehr würde uns interessieren, wo sich der Leichnam von Herrn Adam Möschl befindet, sofern Herr Möschl überhaupt tot ist. Es ist wohl kein Zufall, dass Herr Garhammer eingeäschert wurde.“

Eine echte Bombe. Liesl und Petra schauen einander verblüfft an. Und gleichzeitig ärgert sich Liesl, dass sie da nicht selber draufgekommen ist. Aber damit konnte wirklich niemand rechnen.

„Ich sage nichts ohne meinen Anwalt“, kommt jetzt von Bernhard. Klassiker. Die Leute schauen eindeutig zu viel *Tatort*. Jeder zweite Straftäter sagt das, sobald er überführt wurde.

Petra will was sagen, aber Liesl fährt ihr drüber: „Pssst!!!“

Jetzt hört man wieder die mit der strengen Stimme reden: „Herr Dr. Gapp, die Staatsanwaltschaft hegt den Verdacht, dass eine strafbare Handlung vorliegt. Da Flucht- und Verdunkelungsgefahr besteht, sind Sie hiermit verhaftet und werden dem Untersuchungsrichter vorgeführt."

Die nächste Bombe. Barbara wird den Mund nicht mehr zukriegen, wenn Liesl ihr das erzählt. Liesl bildet sich ein, so was wie Handschellen zu hören, und prompt sagt Petra: „Die legen dem Handschellen an!"

„Pssst!", macht Liesl wieder. Sie will auf keinen Fall was verpassen.

„Herr Mike Donath, gegen Sie wird Anzeige wegen des Verdachts der Bestimmungs- und Beitragstäterschaft erstattet. Halten Sie sich uns zur Verfügung."

Jetzt hören sie Stuhlgeschiebe und so. Die Sitzung ist beendet. Raus, Raus, Raus, bevor sie wer sieht.

Liesl lehnt scheinbar ahnungslos an ihrer gelben Rakete, als das Tribunal-Duo das Gemeindeamt verlässt, gefolgt von Nadine, die Dietlinde im Rollstuhl zum Range Rover schiebt. Den beiden steht die Überraschung in die Gesichter geschrieben. Liesl hat das Gefühl, dass sie gar nicht wissen, was sie mit so viel Information anfangen sollen. Mike ist nicht Adams Sohn und Adam ist nicht der Tote.

Magnus und Petra führen Bernhard zum Streifenwagen. Auch wieder so eine komische Unsitte, denkt Liesl, warum greift die Polizei den Verhafteten beim Einsteigen immer auf den Hinterkopf? Als würden sich alle anderen Menschen ständig den Kopf anhauen, wenn sie nicht gerade verhaftet werden und hinten einsteigen. Sie sieht, wie Magnus und Petra miteinander tuscheln. Er hat sie sicher gerade gefragt, ob Liesl Petra weichgeklopft hat. An Petra Gesichtsausdruck sieht sie, dass Petra dichthält. Sehr gut.

Und schon sind sie weg und auf dem Weg in die Untersuchungshaft. Und das Erste, was sich Liesl fragt, ist, was jetzt mit dem schönen Fahrrad vom Herrn Dr. Gapp passiert. Das ist ja sicher ein Vermögen wert. Liesl weiß das. Sie hat schon einmal eins von ihm zerstört. Am besten, sie packt es nachher ein, wenn keiner mehr da ist, und bringt es ihrer Freundin. Weil so schnell kommt der nicht mehr raus, davon ist Liesl überzeugt.

Beinahe hätte sie den zweiten Hauptdarsteller in der paradiesischen Posse übersehen: Mike steht verloren auf den Stufen zur Gemeinde, in seiner viel zu engen schwarzen Röhrenjeans und seinen Westernstiefeln mit den schrägen Absätzen. Nein, kein Bild für Götter, eher zum Weinen. Und genau das tut Mike gerade. Heulen wie ein Schlosshund, oder zumindest wie ein Terrier. Liesl kann es gar nicht mitansehen. Seine Tränen wegküssen will sie aber auch nicht.

Im Gegenteil, sie kann nicht anders, Strafe wem Strafe gebührt: „Deine Mama hatte wohl doch recht."

Mike blickt gar nicht auf: „Ich bin schuld. Ich hab den Berni reingeritten. Ich muss ein Geständnis ablegen."

Jetzt blickt er sich um, als würde er einen Polizisten oder einen Pfarrer suchen. Am liebsten einen katholischen Polizisten.

„Mike, wenn du willst, kannst ja bei mir schon einmal üben mit dem Gestehen, und wenn es passt, gehst zur Polizei. Das dauert eh noch eine Weile, bis die wiederkommen."

So am Boden, wie Liesl glaubt, ist der Mike dann doch noch nicht: „Das hättest wohl gern, was, Liesl. Aber den Gefallen tu ich dir nicht."

Er schnipst seinen billige Tschick weg und stöckelt mit seinen schrägen Absätzen zu seinem Camaro. Cooler Abgang an sich, wenn die verkackte Ami-Kiste anspringen würde. Tut sie aber nicht.

Liesl spaziert entspannt zu seinem Auto und lehnt sich ans offene Seitenfenster: „Und wie fühlt sich das an, wenn der dümmste Gendarm, den Öd je hervorgebracht hat, der eigene Vater ist?“

Mike ignoriert sie und hofft, dass sich endlich der Zündkreislauf schließt und seine schwarze Mamba anspringt. Und tatsächlich hat der Sechszylinder ein Einsehen mit ihm und springt an.

Liesl lässt sich vom Blubbern des Motors nicht einschüchtern: „Naja, aber es erklärt auch einiges.“

Mike drückt auf den elektrischen Fensterheber, um sich endgültig von Liesls Übergriffen zu befreien, aber der Motor des Fensterhebers jammert beim Hochfahren der Scheibe so mitleiderregend, dass Liesl schon fast versucht ist, an der Scheibe zu ziehen, um ihn zu erlösen. Mike setzt zurück und befreit sich mit durchdrehenden Reifen aus der zwischenmenschlichen Misere. Wäre wirklich interessant, mit Mikes Mamba mal die Kuppe zu nehmen, denkt Liesl, während sie dem unehelichen Sohn des Postenkommandanten Garhammer hinterher blickt.

Abgekratzt oder nicht abgekratzt

Diesmal bleibt keine Zeit, die Füße ins Wasser zu stecken, dabei hat Barbara sich so viel Mühe mit dem Lunch gegeben. Hendl-Wraps mit Rucola. Aber die Situation erfordert Opfer.

Liesl hat ihrer Freundin gerade berichtet, dass Bernhard verhaftet wurde: „Tja, so wie es aussieht, kannst du dir bald ein neues Schild an die Praxistüre schrauben. Kann mir nicht vorstellen, dass der Herr Doktor so schnell wieder praktizieren wird."

„So ein Idiot", murmelt Barbara mit vollem Mund. Liesl hatte befürchtet, ihrer Freundin den Appetit zu verderben, aber wenn Barbara Sorgen hat, hat sie Hunger. Sogar ungezügelten. „Was hat er sich dabei nur gedacht?"

Liesl sucht nach einer Erklärung: „Liebe macht blind. Bin mir sicher, dass Mike ihn dazu überredet hat. Immerhin geht's da um viel Geld und Mike braucht viel Geld. Wenn sie die Leiche nicht exhumiert hätten, dann wäre die Rechnung wahrscheinlich aufgegangen."

„Meinst, der alte Möschl lebt noch?"

Liesls Blick fällt auf Barbaras Fahrrad, das am Steg lehnt: „Lust auf eine kleine Radltour?"

Sie muss an ihrer Performance arbeiten. Keine Ahnung, wie das andere Kriminalisten oder *Private Investigators* (Sie liebt dieses Wort!) machen. Vielleicht sollte sie sich Visitenkarten drucken lassen: *Liesl P. – Undercover Agent.* Andererseits sind Visitenkarten eher kontraproduktiv, wenn man *undercover* ermittelt. Jedenfalls muss sie in Zukunft Fakten zusammentragen, Verdachtsmomente notieren, heimlich Verhöre aufzeichnen. So etwas wie die Sache mit dem Walter und den Lebensmitteln und dem Schranken darf ihr nie wieder passieren. Andererseits macht der Verdacht erst Sinn, seit sie weiß, dass Adam

Möschls Leiche nicht Adam Möschl ist. Sonst wäre sie doch schon früher der Spur nachgegangen.

„Was tun wir hier?“, will Barbara natürlich wissen.

„Wir parken irgendwo bei dem Schranken, schnappen uns unsere Räder und fahren rauf auf die Okroatzer Alm.“

„Bist du irre? Weißt du, wie weit das ist?“

„Ein bissel Bewegung tut uns gut …“

„Sagt die Frau, die nach 20 Minuten Work-out in Ohnmacht gefallen ist.“

„Das war simuliert.“

„Ja, die Ohnmacht schon, aber nicht die Erschöpfung.“

„Wir sind da.“ Liesl hält auf einem kleinen Parkplatz für Wanderer und lädt die beiden Räder aus. „Hab mir das Mountainbike deines Ex-Mannes ausgeliehen, der braucht es ja in nächster Zeit nicht. Eher einen Hometrainer. Sofern die so was in der Zelle erlauben.“

Barbara ist nicht begeistert von der Idee: „Es wird in einer halben Stunde dunkel!“

„Du hast recht, wir sollten uns beeilen“, antwortet Liesl und tritt in die Pedale.

Exakt bis zur ersten Kurve. Dann geht ihr auch schon die Luft aus. Barbara radelt entspannt an ihr vorbei. Der Wille mag vielleicht groß gewesen sein bei der Frau von Post, aber der Atem leider nicht. Meter um Meter schlängeln sich die beiden Frauen die Serpentinen zur Okroatzer Alm hinauf. Plötzlich hören sie ein Auto den Schotterweg hinauffahren.

„Schnell, versteck dich“, ruft Liesl und wirft ihr Rad in den Graben und sich hinterher. Barbara braucht einen Moment, um zu begreifen, was los ist, dann wirft sie sich dazu. Und schon kommt Walters Caddy um die Kurve gefahren.

„Da, was hab ich gesagt? Der Walter. Duck dich!“

Kaum ist Walter an ihnen vorbei, schwingt Liesl sich auch schon wieder auf ihr Rad, um die Verfolgung aufzunehmen.

Barbara atmet erst einmal durch. Sie nervt das alles. Und Hunger hat sie auch und Durst sowieso. Und dunkel wird es auch und passend angezogen ist sie auch nicht. Mit anderen Worten: Sie würde jetzt liebend gern umdrehen, bergab rollen, sich zu Hause in die warme Badewanne legen und danach was Schönes essen. Ein scharfes „Wo bleibst du?“ reißt sie aus ihren Sehnsüchten. Aber das Schicksal hat ein Einsehen mit ihr. Wie sie wieder aufs Radl steigen will, bemerkt sie, dass sie beim Sprung in den Graben ihrem geliebten Radl einen gewaltigen Achter zugefügt hat. Sie hätte vielleicht doch nicht direkt draufspringen sollen.

„Mein Radl ist kaputt.“

Liesl inspiziert den Schaden: „Gut, dann nehmen wir eben den Steig da vorne. Das ist vielleicht eh schneller.“

Noch bevor Barbara Einspruch erheben kann, hat Liesl auch schon ihr Rad an einen Baum gelehnt und ist losmarschiert. Barbara bleibt nichts anderes übrig, als ihrer besessenen Freundin zu folgen. Sie nützt ihren vielleicht letzten Atemzug, um Liesl zu verfluchen: „Du spinnst, Liesl. Du spinnst komplett. Ich habe es immer schon vermutet. Jetzt weiß ich es.“

Aber Liesl treibt ihr investigativer Ehrgeiz voran: „Vergiss nicht, Barbara, ich bin deine einzige Freundin. Ohne mich wirst du hier einsam verhungern und sie werden deine Leiche erst in 2000 Jahren aus dem Gletscher ziehen. Dafür allerdings gut erhalten.“

„Es gibt keine Gletscher mehr“, schreit Barbara Liesl hinterher.

„Super. Sei froh, dann finden sie dich früher. Allerdings ist dann deine Frisur ruiniert.“

„Ich hasse dich“, hallt es vom Berg. Wenigstens das Echo hält zu Barbara.

So muss sich Reinhold Messner am Gipfel des Nanga Parbat gefühlt haben, denkt Barbara, als sie nach einer gefühlten Ewigkeit die Lichter der Okroatzer Alm erblicken. Sie lässt sich erleichtert zu Boden fallen: „Und was jetzt? Hast du irgendeinen Plan? Was ist, wenn wir da jetzt reinplatzen und der Walter liegt einfach nur mit der Roswitha nackert auf einem Bärenfell?"

„Dann wäre die Roswitha auch im Auto gesessen. Überlass mir das investigieren, Barbara. Kümmere du dich um deine Patienten."

Barbara hätte erneut große Lust umzukehren. Warum, verdammt, tut sie sich das an? Liesl schleicht weiter zur Hütte, um durch eines der Fenster zu lugen. Genau in dem Moment kommt noch ein Auto angefahren.

Liesl zischelt Barbara scharf an: „Los, versteck dich."

„Da ist ja mehr los als beim *Jägerwirt'n*."

„Kein Wunder, die Wirtin ist ja auch da." Liesl erkennt sofort den grünen Jeep von der Rita. Die ist ja leidenschaftliche Jägerin. Aber sie ist nicht allein gekommen. Da ist noch wer im Auto. „Das gibt's ja nicht", flüstert Liesl, hinter einem Holzstapel hervorlugend, „das sind die Dietlinde und die Nadine."

„Was tun die alle da?" Barbara ist genauso verblüfft.

„Die stecken alle unter einer Deck'n. Das ist der hinterlistigste Mord, der kein Mord ist, der mir je untergekommen ist."

Barbara blickt rüber zu ihrer Freundin und fragt sich einen Bruchteil einer Sekunde, ob ihre Freundin Liesl alle Briefe im Postfach hat. Aber dann schluckt sie ihre Zweifel hinunter und flüstert: „Sarkopenie."

„Hm?" Liesl versteht nicht, was Barbara meint.

„Muskelschwund. Deshalb sitzt die Dietlinde im Rollstuhl."

Gleich drauf kracht es ganz gewaltig und sie sehen, wie Rita ihre Schrotflinte aufs Türschloss gerichtet und abgedrückt hat, obwohl sie doch genauso gut hätte klopfen oder einfach eintreten können. Da sieht man mal, was für eine Wut manche Menschen in sich aufstauen. Und genau die haben dann einen Waffenschein.

Die Tür springt auf und Rita stürmt in die Hütte. Nadine hat es da schon schwerer, sie muss Dietlinde in ihrem Rollstuhl erst mal über die Stufen wuchten. Eine behindertenfreundliche Hütte sieht anders aus.

Liesl ruft: „Komm!“, springt auf und rennt zur Hütte.

„Au“, schreit Barbara und weiß genau, was jetzt ist, wozu hat sie schließlich studiert. Muskelkrampf. Das kommt davon, wenn man sich nicht gescheit aufwärmt.

Gleich drauf ertönt ein weiterer Schuss und jemand schreit auf vor Schmerz. Fuck, denkt sich die Frau Doktor und humpelt ihrer Liesl hinterher ins Okroatzer Kreuzfeuer.

Kein schöner Anblick, der sich ihnen da bietet. Walter liegt am Bärenfell und schreit die ganze Zeit: „Mein Bein, mein Bein, mein schönes Bein!“ Ein Stuhl ist umgeflogen. Auf dem Tisch stehen eine Menge Bierflaschen und Spielkarten. In der Ecke kauert ein vollbärtiger Fremder mit zerzausten Haaren, in einer Krachledernen und einem dicken Flanellhemd. Wenn es Liesl nicht besser wüsste, würde sie glauben, sie wäre in einem Heimatfilm von Quentin Tarantino gelandet.

Den Walter hat nur ein Streifschuss erwischt. Auch wenn er geschrien hat, als würde er gleich sein Bein verlieren. Die Frau Doktor hat ihn mithilfe von einem Pflaster notoperiert.

Es wird Zeit für eine Erklärung. Das denken nicht nur Liesl und Barbara. Das denken auch Dietlinde und Nadine, und Rita sowieso. Und zur Verstärkung ihres Wunsches richtet Rita gleich mal ihr Gewehr auf den Bärtigen.

Der redet allerdings wie ein alter Bekannter: „Was hätte ich tun sollen? Ich hab einfach die Nas’n voll gehabt. Von allem. Wie der Storch im Garten gestanden ist und die Dietlinde mich außig'haut hat, hab ich gedacht, du steckst hinter alldem." Der vollbärtige Adam blickt ängstlich zu Rita, die immer noch ihr Gewehr auf ihn richtet. Eine Wut ist eine Wut und die vergeht auch nicht so schnell.

„Und?", fragt Rita trotzig. „Schlecht?"

„Vom Regen in die Traufe", wirft Liesl unsensibel ein. Ein Glück, dass Rita ihr Gewehr jetzt nicht auf die Liesl richtet.

Aber da redet Adam auch schon weiter: „Ich wollte einfach nur weg. Ich wollte einfach nur meinen Frieden. Und dann ist plötzlich der Mike vorm Wohnmobil gestanden.

Wenn der Vater mit dem Sohn

Vielleicht hat sich ja alles ganz ähnlich zugetragen wie bei der Liesl. Nur ist diesmal der Mike in seiner schwarzen Mamba am offenen Schranken vorbeigerauscht und nicht die Liesl. Könnte ja sein, dass er sich genauso eingebremst hat wie sie und auf einmal vor dem Wohnmobil vom Adam gestanden ist. Die zwei hatten wahrscheinlich schon ein paar Flaschen von dem guten Rotwein intus, wie sie auf die Mordsidee gekommen sind. Vielleicht hat der Wein auch zu sehr nach Selbstmitleid geschmeckt. Auch möglich.

„Ich sag dir was, Mike. Am liebsten wäre ich tot. Dann könnten mich alle am Arsch lecken."

„Naja, nix leichter als das. Das lässt sich einrichten. Also, nicht das Arschlecken, das andere."

„Ach so?"

„Naja, mein Berni-Schatzi ist Arzt, der kann dir jederzeit einen Totenschein ausstellen. Und du machst dich über alle Berge."

„Tss!! Du bist lustig. So leicht geht das nicht."

„Wieso!? Wir zünden die Kist'n da an, schieben s' über die Todesklippe und behaupten, du bist verbrannt."

„Hast du noch nie *Tatort* g'schaut? Das glaubt uns kein Mensch, wenn da nicht wirklich ein Toter drin liegt. Und wo sollen wir den hernehmen, wenn nicht ausgraben oder stehlen?"

Mike grinst, als hätte er darauf bereits eine Antwort.

„Was grinst du so blöd?", kommt vom ahnungslosen Adam.

Und schon zieht Mike sein Pik-Ass: „Grad heute hat mich die Mama angerufen und mir erzählt, dass bei ihr im Altenheim der g'schissene Garhammer verschieden ist. Na, wenn das keine glückliche Fügung ist."

Augenblicklich ist dem Adam klar, was das bedeutet. Darauf macht er gleich noch ein Flascherl von dem edlen Merlot auf.

Aber eins würde ihn natürlich schon noch interessieren: „Und was willst du dafür haben? Du machst das doch nicht nur aus Liebe zum Beruf."

„Na, wie denn?", sagt Mike und erhebt sein Glas. „Ich hab ja keinen. Aber was ich mir immer gewünscht hab, das war ein Vater. Weißt, ich hab nie einen Vater gehabt. Und noch schöner wäre ein reicher Vater, den man irgendwann einmal beerben könnt. Und wenn's auch nur der Pflichtanteil ist."

Da vergeht dem Adam wieder das Lachen, aber dann rechnet er im Kopf die Geschichte grob durch und denkt sich, dass der Mike ja nicht weiß, dass er schon sein halbes Leben von Werbegeschenken lebt und der ganze Prunk und Protz und das Geld nicht ihm, sondern seiner Frau gehören, wegen der Steuer und so, und Linde wiederum alles in irgendwelchen Stiftungen auf den Cayman-Inseln versteckt hat. Die Linde ist ja keine Blöde. Wenn er im Paradies der Adam ist, dann ist die Linde die Schlange. Und der Mike ist nicht einmal der Apfel, höchstens Fallobst. So kann's gehen und Adam schlägt grinsend ein. Und Mike lacht auch, obwohl ihm das Lachen bald wieder vergehen wird.

„Prost", sagt er jetzt und schiebt schelmisch noch ein „Papa" hinten nach, worauf auch dem Adam das Lachen im Hals verreckt.

Abgekratzt

Der Mike war ein Fehler, das weiß der Adam jetzt auch. Das alles schreit nach einem Himbeergeist. Liesl sucht die Hütte nach einem Schnaps ab, aber der Walter muss sie enttäuschen, er hat nur das billige Gepansche aus seinem Supermarkt mitgebracht. Dem Adam ist wohl langsam das Bargeld weggeschmolzen. Warum soll es dem anders ergehen als dem Gletscher, auf den er die letzten drei Monate gestarrt hat? Lebendig begraben sein ist am Ende eben doch tödlich.

„Und wie ging es dann weiter?“, will Dietlinde wissen.

„Mir ist dann eingefallen, dass die Almhütte da seit Ewigkeiten leer steht. Die gehört ja mir.“

Dietlinde fällt aus allen Wolken. Davon hat sie nichts gewusst, obwohl sie doch sonst alles weiß: „Die gehört dir?“

Adam senkt den Blick und schaut schuldbewusst rüber zu Rita. Damit ist wohl alles klar. Die Jägerin und der Sammler. Hier haben sie regelmäßig ihre heimlichen Treffen absolviert. Nicht gerade 32 Jahre, vier Monate und drei Tage lang, aber zumindest die ersten zehn Jahre.

„Deshalb hast du gleich gewusst, wo er ist, verstehe schon!“ Dietlinde schaut Rita vorwurfsvoll an. An sich wäre die Rita jetzt dran, schuldbewusst den Kopf zu senken, aber das Gegenteil ist der Fall. Sie war zu lange in ihrem Leben die heimliche Geliebte. Sie hat Dietlinde eh schon gesteckt, dass sie den Adam und die Liesl beim Wohnmobil gesehen hat. Das sollte reichen.

Aber jetzt würde es die Barbara schon noch interessieren, was der Walter damit zu tun hat, wobei es der Liesl längst sonnenklar ist. Der will nicht gleich antworten, aber ein sanfter Druck auf seinen lebensbedrohlichen Pflaster-Kratzer bringt ihn sofort zum Reden. Für Guantanamo wäre der Walter eher nicht geeignet.

„Der Mike hat mich gefragt, ob ich mir schwarz was dazuverdienen will. Und für mein Schweigen hat mich der Adam noch einmal extra bezahlt. Und weil ich so angefressen war, dass er zu seinem Festl nicht mich, sondern die Rita fürs Catering engagiert hat, hab ich mir gedacht, der zahl ich's heim ...“

Jetzt ist es der Walter, der den Kopf schuldbewusst senkt.

Die Liesl hat ja schon immer den Verdacht gehabt, dass der Walter ein fester Trottel ist. Aber so fest hat sie auch wieder nicht gedacht.

Die alles entscheidende Frage kommt allerdings von Nadine, die bis jetzt noch gar nix gesagt hat: „Und wie gehts jetzt weiter?“

Darauf hat eigentlich keiner wirklich eine Antwort. Nur Liesl reibt sich die Nase und hat eine Idee: „Jesus Christus ist auch wieder auferstanden, dann sollte es dem Adam Möschl ebenfalls gelingen.“

Das Leben könnte so einfach sein ...

Ist das nicht schön, wenn die Welt dann auch wieder in Ordnung ist? Wenn sich alle darauf besinnen, worum es wirklich geht im Leben. Sogar die Dietlinde hat aus der ganzen unglücklichen Geschichte ihre Lehren gezogen und was begriffen. Auch wenn die Susi diejenige war, die ihr ihren schönen Rasen mit dem Storch zerpflügt hat, ist Susi doch die Frau, die ihr Sohn liebt. Und wenn der Sohn lieber schnitzt, als dass er singt, soll es ihr auch recht sein. Und Oma werden ist ja auch was Schönes und mit dem depperten Muskelschwund braucht sie gar nicht mehr dran denken, an die Algarve zu ziehen. Und der Adam wollte eh nie dorthin. Ja, sie hat sich sogar mit der Rita ausgesöhnt. Und den Adam haben sie auf die Alm verbannt. Ein bissel eine gerechte Strafe muss sein. Im Ausgedinge quasi.

Die Nadine ist auch glücklich und moderiert und singt. Und es ist ihr und dem Rest der Schlagerwelt völlig wurscht, ob sie ein paar Kilo mehr hat. Das Leben könnte so leicht sein, wenn die Leute nur wollten.

Es ist übrigens gerade wieder ein Gartenfestl auf Schloss Möschl im Gange. Aber diesmal ist es eine Hochzeit. Pfarrer Rahul hält seine Traurede für John und Susi, direkt vor der Miniatur-Gloriette. Genau da, wo sie ihr kleines Töchterlein gezeugt haben, das die Liesl gerade im Arm halten darf.

Didi laufen gleich wieder die Augen über vor lauter Gefühl. So ein Baby steht der Liesl schon wirklich gut. Liesl weiß, was er denkt, und denkt sich das Gleiche. Das macht die Sache mit den Tränen nicht besser.

Es sind alle anwesend: Die Barbara, der Magnus, die Rita, die Dietlinde und sogar der Adam hat kurz einmal Freigang. Aber danach muss er gleich wieder rauf auf die Alm. Die Rita fährt ihn dann später zurück und bleibt eventuell noch ein bissel länger. Aber das ist in Ordnung. Auch für die Linde.

John hat sich für seine Hochzeit nur eines ausbedungen: dass er nicht singen muss. Was ihm niemand übel nimmt, bis auf die Susi vielleicht.

Pfarrer Rahul spricht in *seine unnachahmliche Aksent* die entscheidenden Worte: „Und so ernenne ich euch zu Mann und Frau. Sie dürfe die Braut jetzt küssen. Sie sollte es aber schnell tun, sonst tu ich es."

Das lässt sich John nicht zweimal sagen und küsst seine Susi, die gar nicht mehr weinen muss wegen jedem Scheiß. Im Gegenteil, sie lacht jetzt unentwegt, dass sich die Liesl schon fast wieder zurück nach Susis Kleenex-Zeiten sehnt. Aber viel Zeit für solche Gedanken bleibt Liesl nicht, weil die Susi auf einmal ihren Brautstrauß in die Luft schwingt, dass man sich fast wundern könnte, woher sie so viel Energie nimmt. Der Strauß fliegt und fliegt und dreht sich in der Luft und alle schauen nach oben und es scheint, als würde er gar nicht mehr runterkommen wollen, als würde er Ausschau danach halten, wer die Richtige für ihn ist und ihn verdient hat. Und dann tritt er auch schon wieder den Rückflug Richtung Erdanziehung an und die Liesl streckt und reckt sich, trotz der kleinen Lieselotte im Arm, und schnappt sich den Strauß, als hätte sie in ihrem Leben nie was anderes getan. Für einen kurzen Moment hat sie das Gefühl, sie hält eine weiße Brieftaube in ihrer Hand, wie damals die Gerda einen Kanarienvogel. Und dann schaut sie zu ihrem Didi und weiß, dass sie ihren Zug nicht verpasst hat.

Und jetzt ist Liesls Geschichte aus.
Zumindest vorerst.